U0724332

历史

东篱子◎编著

这些事儿 上的

中国华侨出版社

·北京·

图书在版编目 (CIP) 数据

历史上的这些事儿/东篱子编著 .—北京：中国
华侨出版社，2007.4（2025.1 重印）
ISBN 978-7-80222-250-2

Ⅰ.①历… Ⅱ.①东… Ⅲ.①历史故事—作品集—中
国—当代 Ⅳ.① I247.8

中国版本图书馆 CIP 数据核字（2006）第 155667 号

历史上的这些事儿

编　　著：	东篱子
责任编辑：	刘晓燕
封面设计：	周　飞
经　　销：	新华书店

开　　本：710 mm × 1000 mm　1/16 开　　印张：12　　字数：136 千字
印　　刷：三河市富华印刷包装有限公司
版　　次：2007 年 4 月第 1 版
印　　次：2025 年 1 月第 4 次印刷
书　　号：ISBN 978-7-80222-250-2
定　　价：49.80 元

中国华侨出版社　北京市朝阳区西坝河东里 77 号楼底商 5 号　邮编：100028
发 行 部：（010）64443051　　　　传　　真：（010）64439708

如果发现印装质量问题，影响阅读，请与印刷厂联系调换。

前　言

　　所谓历史，不过是有那么一些人，做了那么一些事儿。历史上这些事儿很好看，那里有鲜活的人物，有引人入胜的事件，有短兵相接的残酷，有摄人心魄的阴谋，让你回味，让你流连。所以历史其实很通俗，并且因为通俗而精彩。

　　五千年的历史是浩繁宏大的，如何在有限的时间里尽览文明与历史的精髓，对于忙碌的现代人来说，并不是一件容易的事。读《历史上的这些事儿》从中可以察时势之变，悟政治得失，学人生智慧，可以汲取成功的经验和失败的教训。在资讯高度发达的今天，古人几千年积淀下来的智慧，从文化上有着割舍不断的延续性，从应用上有着极具可操作性的现实意义。

　　通过阅读《历史上的这些事儿》，我们可以领悟、学习到这样几个方面的人生智慧：

　　一是帝王操纵智慧。所谓操纵，也就是要牢牢掌握对全局的控制力。帝王至高无上的特殊的地位决定了其生存方式、处世技巧和领导思想的独特性，这种独特性概以一个驭字——使天下英才为我所用，尽天下之

力为我效命，这种封建政治中帝王对臣下、对全局的绝对统治地位，赋予了其人生智慧纵横发挥的空间：只要把对全局的控制力牢牢掌握在手中，其他一切都好办。

二是人臣布局智慧。所谓布局，也就是以经营的心态来谋划，事情才容易成功。一般而言，作为人臣既要领导别人，同时也要被人领导，贵如古时的宰相，上面不是还有一位高高在上的帝王吗？为人臣者，最需讲究的是一个"忠"字，但我们翻开一部《二十四史》，却发现忠诚的臣子既未必受赏于君王，又未必能成事功，更未必仕途顺畅，弄不好还要有性命之忧。我们不否认人臣要忠，尤其要忠于国家的最高利益，但是作为一个必须屈居人下的"领导"，作为一个必须面对众人的"竞争"等复杂局面的"领导"，只有以经营的心态看待自己的地位和所要做的事情，才会谋事事成。

三是谋身保家智慧。身为人臣必须明白一点：做事成事与谋身保家是两回事，君不见多少忠臣成冤魂，君不见功业虽成而人不得志，这都是只知做事不知谋身的结果。这就不能不说到权术，人们立即会想到阴险狡诈、卑鄙无耻、尔虞我诈之类灰暗色调的词语，因为在中国传统文化中，虽然权术一直受到人们的批判，但又在政治斗争中屡屡被采用。

因此，权术是古代政治中的领导人无法回避的。你可以鄙夷权术，但不能不研究权术，更不能不提高警惕，防范自己成为权术的牺牲品。能谋事者为大智慧，但身不能谋、家不能保，何以事为？

本书以知识性和趣味性为出发点，全方位、多角度地展示各个领域最有研究价值、最具探索意义和最为人们所关注的中国历史，将历史上众多的谜案予以梳理，让您在轻松阅读之余，将如烟史事尽纳胸中。

目　录

一个旧王朝的没落，必然伴随着一个新王朝的诞生。明与清就是这样一对冤家，自太祖朱元璋至思宗朱由检，明王朝历经近三百年愈来愈腐朽的统治，终于在 1644 年走到了尽头。而在此之前的几十年里，一个叫作努尔哈赤的女真人已经在东北地区渐成气候，此时，他的后人们正屯兵山海关外，跃马扬鞭，视中原大地为囊中之物。历史发展的必然往往是一个个偶然因素促成的，美国气象学家洛伦兹提出"蝴蝶效应"之说：一只南美洲亚马孙河流域热带雨林中的蝴蝶，偶尔扇动几下翅膀，可能两周后在美国得克萨斯引起一场龙卷风。推根溯源，清王朝的诞生也是蝴蝶效应的结果：一次误杀，一个毒誓，十三副铠甲，开启了一个影响中国历史又一个三百年的王朝传奇。

第二章

历史上治世能臣这些事儿

治世能臣，是一个朝代的中流砥柱：或为改革先锋——顶住压力，除弊革新，开创新局；或者政绩卓著——呕心沥血，忠心耿耿，卓有成就。他们有才能、有担当，尽管其个人命运各不相同，但他们留下的大政治家的风范令时人嗟叹，令后人景仰。

第三章

历史上铁腕权臣这些事儿

君强臣弱，君弱臣强，这是不断演绎的活生生的历史剧。在历史的各个时期，都不时地出现过不同面目、特点的铁腕权臣，充当着这些历史剧的主角。他们大多嗜权如命，只手遮天，拥有谋国与谋家的高超智慧。其中正者自正，邪者自邪，历史已经对他们做出了公允的评判。

第四章

历史上清官能吏这些事儿

中国历史不乏两袖清风、不贪不渎的清官，也不乏精明干练善于解决具体问题的能吏。清官与能吏在效率低下，充斥着贪官污吏的古代官场上是一道亮丽的风景，正是他们的存在使百姓得以苟活，使国家得以存续。毋庸置疑，清官能吏的生存环境必定是险恶的，唯其如此，他们的坚守更显得弥足珍贵。

第五章

历史上乱世英雄这些事儿

特殊的时代产生特殊的英雄才俊之士。大凡改朝换代之际、社会动荡、巨变陡生之时，也正是真正的能人志士大显身手、展示才华的良机。时势造英雄也好，英雄造时势也罢，总之，历史因为有了他们而更加精彩。

第六章

历史上韬晦智臣这些事儿

老子《道德经》曾言：功成而弗居，夫唯弗居，是以不去。中国自古以来就有"伴君如伴虎"之说，因为君王总是担心自己的宝座被别人抢走，首先要提防的自然是有能力、有功劳的人。能认识到这一点并以此自戒的人才称得上真正的智者。

第七章

历史上名将名帅这些事儿

战争，是解决问题的最后手段，也是决定性的手段。在决定战争胜负、国家存亡的关键时刻，拥有一位深谙战争指挥艺术的将帅是制胜的法宝。在中国历史上，涌现了不少这样的将帅，他们以卓越的临战指挥才能创造的一个个经典的战例，千百年来令后人叹为观止。

第一章

历史上帝王这些事儿

一个旧王朝的没落，必然伴随着一个新王朝的诞生。明与清就是这样一对冤家，自太祖朱元璋至思宗朱由检，明王朝历经近三百年愈来愈腐朽的统治，终于在 1644 年走到了尽头。而在此之前的几十年里，一个叫作努尔哈赤的女真人已经在东北地区渐成气候，此时，他的后人们正屯兵山海关外，跃马扬鞭，视中原大地为囊中之物。历史发展的必然往往是一个个偶然因素促成的，美国气象学家洛伦兹提出"蝴蝶效应"之说：一只南美洲亚马孙河流域热带雨林中的蝴蝶，偶尔扇动几下翅膀，可能两周后在美国得克萨斯引起一场龙卷风。推根溯源，清王朝的诞生也是蝴蝶效应的结果：一次误杀，一个毒誓，十三副铠甲，开启了一个影响中国历史又一个三百年的王朝传奇。

说不完的秦始皇

★不能不说的第一次大一统

从公元前 771 年到公元前 221 年，诸雄列国混战的 500 多年的春秋战国时代到秦王嬴政这里戛然而止。从历史的角度如何评价这一次大一统的意义都不过分，因为从此开始，"合"成为中国历史的主旋律。

我们说嬴政是一位伟大的帝王，不仅因为他留给我们的若干个第一，还在他统一六国的过程。

秦国到嬴政继承王位时，无论在经济力量、军事力量还是地理形势上，都具备了统一东方六国的条件。而且为了加快统一步伐，嬴政发扬先王雄风，礼贤下士，搜罗人才，重用尉缭和李斯，任用王翦、王贲父子和蒙武、蒙恬父子为将，重新布置了对付六国的战略和策略，开始了消灭六国的统一战争。

六国中韩最弱，又地处中原，是秦首当其冲消灭的对象，公元前 234 年，韩王将南阳地献给秦国。然而韩国的委曲求全并未能换来秦王的怜悯。公元前 231 年，秦攻韩，韩派韩非出使秦国，韩非入秦后遇害。

公元前 230 年，秦王派内吏腾攻韩，俘虏韩王安，占领了韩国的全部土地。

公元前 247 年，秦攻取赵国晋阳。之后，连续攻赵，夺取多座城池。赵派将军李牧在肥（今河北石家庄东南）迎战，秦军败退。公元前 232 年，秦王再次发兵攻赵，李牧率领军队将其击退。公元前 229 年，秦大举攻赵，王翦率上党兵，攻下井陉，并包围邯郸，赵派大将军李牧、将军司马尚抵御。秦用离间计，赵王诛杀李牧。秦军攻克邯郸，俘获赵王迁，赵国亡。

公元前 244 年，秦军攻魏。攻占燕、虚、长平、雍丘等 20 余城。公元前 231 年，魏妥协，献地于秦。公元前 225 年，秦将王贲攻魏，引河水灌魏都大梁，大梁城坏，魏王投降，魏国灭亡。

秦灭韩、赵、魏后，秦王命王贲率军队攻楚，攻占 10 余城后，秦王又派李信、蒙恬率兵 20 万攻楚。秦军先胜后败。楚人追秦军三日三夜，大破李信军，杀死七个都尉，秦军败退。

秦王又派老将王翦为将，出兵 60 万攻楚。楚人得知秦兵到来，用国中强兵抵御，王翦坚持不肯战，无论楚兵怎样挑衅，都不出兵，命令兵卒休息，每天美食款待。楚见秦军不迎战，向东撤退。王翦趁机率军追击，大破楚军，追至蕲南，杀楚将军项燕，楚兵败退。秦乘胜追击，掳获楚王负当，公元前 223 年楚国灭亡。

公元前 227 年，秦攻燕。燕太子丹的师傅鞠武主张联合诸侯共同抗秦。太子丹认为这是远水救不了近火，派荆轲去刺杀秦王，想以此挽救自己的灭亡，荆轲没有成功，反而激怒了秦国，加速对燕进攻。公元前 226 年，秦军攻入燕都蓟（今北京市），燕杀太子丹谢罪。燕王喜迁都辽东。

公元前 222 年，秦派王贲为将，率兵攻燕辽东，俘获燕王喜，灭燕国。

公元前 221 年，秦王命王贲率军从燕南下攻齐，几乎没有遇到什么抵抗，就攻进了齐都城临淄，齐王建投降，齐国灭国。

至此，诸侯割据称雄的时代结束，嬴政只用了 10 年时间，一举消灭了东方六国，完成了统一，建立了我国历史上第一个统一的封建王朝——秦朝，成为天下之主。

秦统一六国战争的胜利，是由于秦国在战争中战略战术运用得当。秦王政在位时期，国力富强，有足够的人力物力供应战争，在战略上处于进攻态势，势如破竹，摧枯拉朽，相继灭掉诸国。在战术上，秦执行了由近及远、先弱后强的方针，首先灭掉了毗邻的弱国韩、赵，然后中央突破，攻燕灭魏，解除了北方的后顾之忧，最后消灭两翼的强敌齐楚。秦国运用策略正确，根据具体情况灵活机动，赵有机可乘则先攻赵，韩可攻则灭韩。灭楚战役是在检讨了攻楚失策后，根据楚国实力集中优势兵力攻楚而取胜的。攻打齐国则避实就虚，出奇制胜。秦政发动这场战争的目的非常明确，意志非常坚定，所以他不为六国割地献城而满足，也不因战场上受挫而退缩。有了这种战略与战术的完美结合才有了一统天下的局面。

★一个全新的皇权模式的创立

秦始皇统一全国后，如何治理这个偌大的国家，成为摆在他面前的头等大事。由于全国大一统古所未有，所以没有现成的经验可以参考。

在确立了皇权至高无上后，秦始皇根据治理统一国家的需要，否决了实行周朝分封制的建议，而是采取李斯以郡县治天下的主张。这套行政制度起到了层层控制、权力向上集中的作用，从朝廷到地方，从郡县到乡里，构成了一张庞大的统治网，最后集中到朝廷，再通过朝廷集中于皇帝手中，真正实现了"普天之下，莫非王土；率土之滨，莫非王臣"的政治局面。这对促进国家统一、中央集权和君主专制都起到了重大作用。秦始皇通过宝塔式结构的官僚机构，来治理大一统的封建王朝，完成了皇帝集中国家一切大权成为中国封建社会专制独裁的政治制度。它直接孕育了中国两千年传统文化中皇权的正统观念，影响深远。

秦统一是划时代的大事。面对一切从头开始的新事业，秦王再次展示了自己的雄才大略和高超的政治家的才干。秦统一后，秦王嬴政在原来政权机构的基础上，建立起了一整套从中央到地方的严密的统治机构和封建的专制主义制度。他所创立的各种典章制度，在这之后的2000多年的封建社会中都被各代王朝沿袭发展下来。

开创皇帝及三公九卿制。全国大统一古所未有，秦王自认为"德高三皇，功高五帝"，因而取两者之尊称"皇帝"。他是中国第一个皇帝，嬴政称"始皇帝"，并安排好"后世以计数"，称为"二世、三世，直至万世，传之无穷"。皇帝自称"朕"，其命令定为"制"，下达的文书称"诏"，皇印称"玺"。从此，他头戴"外黑内红"的天冠，身着玄衣绛裳，独掌了全国的军政财文一切大权。皇帝之下设三公，即丞相、太尉、御史大夫，佐助皇帝处理政务。丞相有左右两相，为百官之首，总揽政务；太尉管军；御史大夫掌图籍秘书，监察中宫。三公之下设廷尉、奉常、郎中令、卫尉、太仆、典客、少客、宗正、治粟内史等九位上卿，分管各行政事务，他们与三公组成中央政府。三公九卿之官，全归皇帝任免调动，不世袭。

地方实行郡县制。秦统一后，就如何巩固对六国地区的统治，在朝廷内曾展开一场争论。秦始皇最后同意了李斯的意见。李斯说："天下人都苦于战斗不休，就是因为有了侯王。如今天下初定，再来建立许多封国，就是种下战争的根苗。"于是，秦始皇下令在全国实行郡县制，分天下为36郡，后来又增至40多郡。郡下设县，县下设里、亭。郡设郡守，县设县令，乡有三老，里有里正，亭长管治安。从中央到地方，形成了严密的统治体系。郡县长官定期向中央述职，中央则通过"上计"考核地方官。峄山（今山东邹县）第一刻石辞云："追念乱世，分土建邦，以开争理；乃今皇帝一家天下，兵不复起。"

颁布封建法典《秦律》。它是一部较完整的国家大法，从人到畜，从生产到生活，从思想到行动都有规定，要求臣民无条件地遵守，违者依法惩处。此外，从秦始皇始，通过祭天拜物达到皇权神化的目的。封禅的举行，也象征着国家兴旺，政权稳定，它为后世君主所仿效。

这套专制主义中央集权的封建制度，无疑是地主阶级对广大农民专政的工具。但是，它却对巩固和维护国家的统一，起到了有力的作用，促进了生产力的发展。

★彪炳史册的"三同政策"

为了巩固新建立的、统一的封建王朝，秦始皇在全国推行了"三同政策"，即书同文，车同轨，行同伦。

战国时，文字的形体非常紊乱，各国文字不统一，不但字体不同，

同一个字所采用的声符、形符也都有很大差异。秦统一六国后，"文字异形"给政令的推行和文化的交流造成了严重障碍。因此，秦始皇下令以秦文小篆在全国统一推行。各级政权机关上下行文，官员来往，都以小篆文字为标准。秦始皇还指示丞相李斯、中车府令赵高、太史令胡母敬分别编纂《仓颉篇》、《爰历篇》、《博学篇》等 3 部启蒙教材，教材用小篆书写，作为标准文字范本。后来经过初步简化的小篆也还嫌难于书写而不太适应需要，在实践中又产生了更为简化的字体即所谓"秦隶"。这种书体在民间流行甚早。据说在秦统一后，有一个因犯罪被监禁的官吏程邈总结了群众的创造，向秦始皇奏上"隶书"这一新字体，得到秦始皇的赞许，被作为秦书八体之一。

随后，秦始皇又下令统一货币和度量衡。秦下令废除秦以外六国的刀、布、钱等货币，统一以秦币。秦朝以黄金为上币，铜钱为下币，规定珠、玉、龟、贝、银、锡等物只作器饰珍藏，不能充作货币。金、铜货币成为通行全国的法定铸币。

秦始皇又用商鞅时制定的度量衡标准，来统一全国的度量衡。公元前 221 年，秦始皇颁布了统一度量衡的诏书。秦始皇还用法律规定了度量衡器误差的允许限度。他规定六尺为步，二百四十步为亩。

在交通方面，秦始皇为了控制广阔的国土，特别是六国旧境，并便于政令军情的传送和商旅车货的往来，下令在全国各地修筑驰道。筑道工程以秦的都城咸阳为中心向各地辐射，东至燕齐（今京津地区及山东），南达吴、楚（今江苏与两湖地区），北抵九原（今内蒙古包头西北），西通陇西（今甘肃临洮），形成较为完整的交通网络，驰道宽 50 步，路基均用铁锤夯实。每隔 3 丈植松树一株，作为标志，驰道两旁辅以小径，

为百姓行走之途。驰道修成之后，极大地方便了整个国家的陆路交通。

行同伦是指促进共同文化上的共同心理状态，整齐人伦关系的措施，贯穿于他五次出巡过程中。秦始皇在位12年，出巡郡县凡5次，目的在"以示强威，服海内"，并显示统一四海的功德。并在这一过程中，宣扬、整齐人伦关系。

秦始皇建立中央集权制度，实行"三同政策"，有效地巩固了国家的统一。

秦始皇统一文字，"以法为教"，"以吏为师"，这是一统国家的必要措施，而统一货币，统一度量衡这两项改革都是我国有史以来的第一次，从此，布有标尺，物有定量，钱使一种，大大便利了经济的发展，长久分裂的各地，从此处于一个相同的经济文化环境中，加强了相互之间的联系和交流，是巩固国家统一的长远方针。秦始皇从社会经济文化的根本入手，推行统一的标准，从法治到道德使各地长久地处于中央统治下，实现了真正的统一，这种同文同种、国家统一的价值取向从此成为中华民族国家与民族观念的主流。

★摧残文化的滥觞

以政治手段摧残文化、迫害文化人应该不是中国历史独有的现象，但中国古代的帝王们做的绝对是最到位的。在我们为春秋战国时代"百家争鸣"的文化繁荣充满憧憬之时，也不能不对自始皇帝开始的对文化、思想极端封锁而痛心疾首。试想，汉朝时从墙洞里掏出的一本《春秋》在两千年的时间里被视为经典，而被秦始皇焚掉的类似的经典又有多少呢？

秦朝一统天下后不久，博士淳于越公开攻击秦朝的郡县制度，主张恢复周朝的分封制。丞相李斯反驳了他的意见，并认为书生们谈诗论经，以古非今会危害秦朝的统治。因此，他向秦始皇建议：史官所收藏的图书，凡属不是秦国的历史，全都拿来烧了，不是政府任命的博士官所收藏的《诗经》《尚书》，而是私家收藏的这一类书籍，一律焚烧掉，杜绝混乱思想的根源。

秦始皇觉得，如果听任那些有旧思想的人到处宣扬旧制度，的确会妨碍他的统治。于是他接受李斯的建议，下令焚书。焚书的具体办法是：除了那些讲医药、占卜、种树一类的书以外，凡不是秦国史官所记的历史书，不是官家收藏而是民间所藏的《诗经》《尚书》和诸子百家的书籍，在命令下达30天之内，都要缴到地方官那里去焚毁。

以后还有偷偷谈论古书内容的，处死刑；借古时候的道理攻击当前政治的，全家都要处死。官吏知道不告发的，判处同样的罪。命令到达后30天不烧毁书籍的，在脸上刺字后罚去做四年修筑长城的苦役。凡有愿意学习法令的人，只许跟官吏去学，不许偷偷地照着旧时代的古书去学。

焚书的命令发布以后，各郡各县的官吏不敢怠慢，都立即严格地遵照命令去执行。他们派出许多士兵和办事的差役，到老百姓那里挨家挨户收缴书籍。在很短的时间内，到处出现了焚书的熊熊烈火，焚烧那些刻写在竹木简上的古代书籍，使得中国的文化事业遭受了一次浩劫。秦国以外的历史书和记载着诸子百家学术思想的书籍，凡是收缴上来的，差不多全都烧光了。秦朝以前的许多历史事实和学术思想情况从此失传。这是秦始皇摧残中国文化的一大暴行。

秦始皇下令焚书，使得许多读书人都非常反感，不仅那些有旧思想的人反对秦始皇的暴行，连一些在朝廷里享受着高官厚禄的博士，也都在暗地里议论，说秦始皇这样压制舆论，摧残文化，做得太过分了。

焚书的第二年，即公元前212年，有两个替秦始皇求不死药的方士侯生和卢生，偷偷地议论说："秦始皇这个人，十分残暴，自信心太强。他在灭亡六国统一中原以后，自以为是从古以来最了不起的一个君主了。他专靠残酷的刑罚来统治天下，大臣们谁也不敢对他说真话，他对谁也不信任，大大小小的事情都得由他自己亲自来决定。像他这样贪图权势的人，我们还是不要为他求仙药的好。"他们两个人商量好以后，就偷偷地带着从秦始皇那里领来的钱财，逃走了。

秦始皇听说读书人在背后说他的坏话，侯生、卢生还居然逃走了，十分生气，决定要狠狠地惩治他们。

于是秦始皇下了一道命令，叫御史大夫去查办那些在背后诽谤他的读书人。被抓去审问的人，受不了残酷的刑罚，为了给自己开脱，就一个一个的攀连其他的人，攀来攀去，一下子查出来有460多个方士和儒生犯有嫌疑。秦始皇一怒之下，也不详细审问，查证核实，就叫人在咸阳城外挖个大坑，把他们全都给活埋了。

秦始皇焚书坑儒，目的是统一思想，压制那些反对中央集权制的思想和言论。这是他的一统天下的思想，从全国"三同"走向极端的反动，不仅愚昧，而且十分残酷野蛮。焚书，毁灭了秦以前长期积累起来的文化财富，使秦朝以前的许多历史事实和学术思想情况从此失传，使中国文化受到了严重摧残。坑儒，杀害了许多精神财富的创造者。毁灭文化就是违背科学违背人性，从此以后，秦朝宫廷里有学问的人大大减少，而那些专会阿谀奉承、欺上瞒下的奸臣如赵高之流，逐步成了秦始皇身边的重要人物，秦朝开始走向衰败。秦始皇的目的是以思想统一巩固政治统一，然而，"坑灰未冷山东乱，刘项原来不读书"，历史不会听从暴君的安排。

千古圣君李世民

★杀兄屠弟夺得皇位

历史就是这样充满了无奈和嘲讽：杀害自己的同胞兄弟，作为平常人无论从哪个角度讲都是个十恶不赦的大奸大恶之人，但李世民留给后人的却是一个大明大贤的光辉形象。也许在人们的潜意识里，两个死难者的个人悲剧与天下大治的伟业相比，有点微不足道吧。

李世民为秦王时，为夺取帝位与太子建成、齐王元吉展开了殊死的斗争。

在武德五年以前，因李世民的军功卓著，秦王府的威望远远高于东宫和齐王府，但在以后的三年多时间里，李世民既无新的战功，又屡遭兄弟的倾轧、妃嫔谗言，使秦王府的地位不如以前。从政治影响方面来看，因李建成身为太子，宫中妃嫔、朝中大臣和地方势力依附东宫的相对多些，秦王府处于劣势也是显而易见的。

在这种形势下，随着时间的推移，时局会对李世民越来越不利。以弱势而制强敌，就必须先发制人，而且出手要狠。

　　玄武门即长安宫城北门，地位重要，是唐朝中央禁卫部队屯守之所。负责门卫的将领是常何，此人是李建成的旧属，后被李世民所收买，这就为李世民的举事提供了极大便利。此外，守卫玄武门的其他一些将领如敬君弘、吕世衡等，也被李世民收买。应当说，在京师处于劣势的李世民，在玄武门将领处打主意，是很有远见的一招。

　　为师出有名，李世民便寻机找借口。武德九年（公元 626 年）6 月 3 日，太白复经天，太史令傅奕密奏高祖："太白见秦兮，秦王当有天下。"李渊将星状单独交给李世民，李世民便乘机密奏李建成、李元吉与尹德妃、张婕好淫乱之事，并说："臣于兄弟无丝毫负之，今欲杀臣，似为世充、建德报仇。臣今枉死，永违君亲，魂归地下，实耻见诸贼！"

　　李世民的这番话，是在申明自己只是因平叛功显才被猜忌、不容的，这便把兄弟间"骨肉相残"的责任全部推到李建成与李元吉的身上了。高祖听后虽感愕然，但也不敢轻信，便说："明当鞫问，汝宜早参。"即令通知太子、齐王明天早朝，由诸大臣公断曲直。

　　第二天一早，李世民带着尉迟敬德、长孙无忌等人埋伏在玄武门附近。玄武门是皇宫大门，是入宫必经之路，守卫玄武门的禁卫军统领常何，原来是李建成的心腹，此时已为李世民所收买，正欲帮助李世民展开行动。然而就在此时，后宫张婕好探得了李世民的动机，立刻向李建成报告。李建成找李元吉商量，李元吉认为应暂避一下风头，托病不去上朝，观察一下形势再作打算。李建成认为只要布置好兵力，玄武门的守将又是自己人，还有嫔妃做内应，怕他何来？不妨进宫看看动静再说。

　　两人骑马进入玄武门，叫亲信侍卫在宫外等候。李建成和李元吉走到临湖殿，发现情况异常，李元吉对李建成说："殿下，今天气氛怎么这样肃杀，连一个侍卫都不见，我们还是回去吧！"于是，两人拔马便往回走。

其实，李世民带领亲信将领早已进宫，这时见二人要溜走，便从隐蔽处走了出来，喊道："殿下，别走！"李建成、李元吉料想不到李世民会在此时现身，而且全副武装，知道事情不妙，走得更快了。不一会儿便来到玄武门前，大喊："常何，快开门！"然而任凭他俩叫破嗓子，也无人搭理。李元吉大骂："我们上当了，常何投靠了李世民。"说着，他弯弓搭箭射过城门，落在城外的草地上，在那里等候的亲随接到警报，立即驰马去东宫报信。

李建成也动起手来，他不问情由，一连向李世民连发三箭，因为心慌意乱，失去准头，皆末射中。李世民却早有准备，只一箭就把李建成射中落马，顿时气绝身亡。

李元吉急忙从横里逃去，迎面碰上尉迟敬德，他回转马头逃跑，忽然一阵乱箭射来，他趁势滚下马鞍，想钻进附近的树林里躲藏，谁知李世民此时已绕过来堵住了他的退路。两人相见，立即扭在一起。李元吉拼着全身力气，压在世民身上，要用双手去扼他的脖子。恰在这时尉迟敬德赶到，李元吉放开了李世民，撒腿就跑，被尉迟敬德一箭射死。

此时玄武门外已聚集了不少兵马。东宫接到警报后，大将冯诩、冯立和齐王府的薛万彻带领2000多名卫士在攻打大门，常何急命人抵住大门，玄武门守将敬君弘、吕世衡出城作战，不幸战死。东宫、齐王府的人马又分兵去攻打秦王府，一场更大的战乱就要酿成。正在此时，尉迟敬德走上城楼，扔下两颗带血的人头，大声喊道："太子和齐王联合谋反，奉皇上之命讨伐二贼，你们看，这就是他们的下场，你们要为谁

卖命！"东宫和齐王府的人看见两颗人头果然是他们的主子，既然太子李建成和齐王李元吉已经被杀，除了作鸟兽散，他们还为谁卖命，于是局势旋即平定下来。事后李世民对他们不予追究，并把他们争取过来为秦王府效力。所以这次兄弟相残之事并没引起更大的战事。

当三兄弟打得你死我活时，李渊正带着大臣、妃嫔在太极宫中乘船游玩，此时尉迟敬德却一身豪气地前来"逼宫"："陛下，太子、齐王叛乱，已被秦王杀死，特派微臣前来为陛下保驾！"

李渊听到这个消息十分难过，一时无话，只赶紧吩咐船只靠岸，便问在侧的大臣裴寂："此事该如何收场？"

裴寂是个佞臣，忙推托说："这是陛下的家事。"萧瑀、陈叔达却趁机进言说："建成、元吉本不预义谋，又无功于天下，妒秦王功高望重，共为奸谋。今秦王已讨而诛之，秦王功盖宇宙，率上归心，陛下若处以元良，委之周事，无复事矣！"

李渊见大势已定，便顺势说："善，此吾之夙心也。"此时，宿卫及秦王府兵与东宫、齐王府兵的战斗尚未全部结束，李渊便写了"手敕"，命令所有的军队一律听秦王的处置。

玄武门之变就这样以李世民的成功而告结束。

李渊及时改立秦王为太子，并敕令军国庶事，无论大小悉要其处决。8月，高祖李渊退位为太上皇，传位于李世民，是为唐太宗。

凡做大事，不能总是犹豫不决，坐失举事良机；更不可草率行事，不计后果。一旦决定就要当机立断、付诸行动，这样才能使自己的重大决策取得更多的获胜把握。

★任贤纳谏的旷世明君

有作为的封建帝王无不懂得人才是事业之根本，选拔和使用人才事关兴国安邦。李世民特别重视人才，他对原属东宫的杰出人才大胆地加以重用与提拔，将各类人才收拢到自己身边，形成了一支实力雄厚的人才群。

在帝王专制时代，君臣之间无民主可言，不懂得广开言路的君王无异于自塞两耳蒙蔽双眼。李世民是历史上一位不可多得的明君，正是他的兼听纳言，开创了贞观时期君臣之间互相依赖，互相信任，互相支持的清明政治之风，在短短一二十年间将大唐推向昌盛繁荣。

即位以后，李世民逐步建立起了以自己为核心的最高决策集团，汇集了当时最杰出的人才，以充满朝气和进取精神的政治面貌，开始励精图治，为开创贞观之治的昌盛局面奠定了良好的基础。

李世民深知：为政之要，唯在得人，用非其才，必难致治。于是李世民首先采取了求贤纳才、知人善任的用人政策，不拘一格地广泛吸纳人才。他把举贤荐能、广招人才视为刻不容缓的事情，对那些推荐人才不积极的大臣，则加以严厉批评。

有很长一段时间，宰相封德彝没有推荐一个人。李世民于是就责问他，封德彝却回答说是天下没有贤才可以推荐。

李世民不禁气愤地批评封德彝说："用人就如同使用器物一样，只要各取所长，自然就不乏贤才奇士。你不善知人，怎能说是世上没有贤能之才呢？"

李世民不仅让大臣们推荐选拔人才，他自己也处处留心和访求有才

之士，一旦发现即破格提拔重用。只要是有才之士，李世民不计较资历地位和亲疏恩怨，都能够兼收并用，充分发挥他们的才能。

贞观三年（公元629年），在一次上朝的时候，中郎将常何所提出的20多件事，全都符合朝政的情况。然而，常何是武将出身，不通经文，应该是不可能有这么高明的见解的，这不禁让李世民既高兴又感到奇怪。

经过询问，李世民这才知道，常何所提交的议论其实都是他家中的食客马周代写的。于是李世民立即将马周召进宫，和他一番详谈之后，发现马周的确是个人才，不仅机智敏捷，深识事端，而且处事公允，敢于直言，当即就任命他为门下省官员，对他大加重赏，后来又任其为监察御史、中书舍人，直至中书侍郎、中书令等要职。

"玄武门之变"后，李世民不计较恩怨，大胆重用东宫集团的重要谋臣魏徵、王硅、韦挺等人，对于自己的旧属和亲信，李世民并不滥加任用，而是量才授予官职。

李世民用人既注重才能，也十分重视德行。特别是地方官的选拔，尤其重视德才兼备，认为这些人是亲民之官，掌握着百姓的苦乐。李世民下诏规定，县令由五品以上的京官推荐，刺史则由自己亲自选任。为做好选任刺史的工作，李世民把全国各州刺史的姓名写在卧室内的屏风上，随时记下他们的善恶事迹，以备升迁和赏罚。

李世民还特别注意广开言路，虚怀纳谏。他谨记"兼听则明、偏信则暗"的告诫，不仅重赏那些敢于进谏的官吏，还要求大臣们从各个方面直言进谏，不要放过小事。

由于李世民虚心纳谏的开明作风，使朝廷中出现了一大批敢于直谏的大臣，贞观前期著名的有魏徵、王硅、杜如晦、房玄龄等，后期著名的有马周、刘泊、褚遂良等。他们对当时的政治形势起了良好的作用和影响，其中最杰出的当数魏徵。

魏徵原来是太子李建成的重要谋士，"玄武门之变"后，李世民推崇他的才能，委之以宰相重任。他前后共向李世民进谏了200多次，大多数都被采纳了，这对贞观前期的政治起了重要的影响。

魏徵为人正直，敢于直言，凡是正确的意见，不但要说，而且要坚持到底，即使李世民大发雷霆，魏徵也坦然处之、神色不移，毫不退缩。

魏徵死后，太宗十分痛心，无限感慨地说："用铜做镜子，可以端正衣冠；用历史做镜子，可以知道国家兴衰的道理；用人做镜子，可以看到自己的过错。现在魏徵去世了，使我失去了一面很好的镜子。"

为了创造一个良好安定的社会环境，为实现大治天下的治国方针提供法律上的保障，李世民又进行了法制的改革和建设，采取了慎刑宽法的措施。

为了保证法令的贯彻执行，李世民亲自选拔了一批正直无私、断狱公平的人担任法官，并亲自检查法官对案件的处理情况。他一再告诫大臣们说："死者不可复生，用法务在宽简。"并将死刑的终审权收归中央，以免出现冤案。同时，李世民还规定对死刑要三次上报中央，被批准后方可执行。

李世民以独特的政治家风度，积极推行科举制度，大力奖拔人才。因此，在唐初人才萃集，群英满堂，为开创贞观时期的大好局面，发挥了积极作用。

英武卓识的康熙大帝

★小孩子也能成为政治家

政治素质的高低是不能以年龄为标杆的。15 岁的玄烨既无生活历练又乏政治经验，却能在轻描淡写间摆平足以难倒一个政治大师的难题。这足以说明，小孩子的确也能成为政治家。

1661 年，康熙帝即位后，由于年仅 7 岁，自然不能够亲自处理国家大政。本来，按照大清国的传统旧制，皇帝年幼，国家政务应由一两位宗室亲王摄理，但由于顺治帝时多尔衮擅权构成了对皇权的极大威胁，为了避免此类现象的再度发生，孝庄文皇太后乃决定不用旧制，而是改由更多的异姓大臣来共同辅政，确立了四辅臣制。这样，在同多尔衮斗争中有功的元老重臣索尼、苏克萨哈、遏必隆、鳌拜四人便出来共同辅政。四大臣本着协商一致的原则共同辅佐幼帝，最初几年尚相安无事，然而随着四辅臣内部势力的增长变化，本来排在四辅臣末尾的鳌拜，势力日益增长扩大，致使四辅臣之间的权力制衡被打破。鳌拜是个权力欲最为强烈的人，逐渐地由恃功自傲走向了欺君弄权。

康熙六年（公元 1667 年）6 月，索尼去世。康熙帝鉴于四大臣辅政体制已经名存实亡，反而成为鳌拜专权的工具，便上奏祖母，请求亲政。祖母理解孙儿现在的处境，自然应允。康熙帝乃于 7 月 7 日，举行亲政大典。然而，康熙帝名义上虽然亲政，但鳌拜却仍然继续掌握着批理章疏的大权，并迫害死了苏克萨哈，使遏必隆亦依附于自己，他甚至对康熙帝有不轨的企图。有一次，鳌拜故意装病不朝，康熙帝亲自到他家里问候，在他的寝室里发现炕席上放了一把短刀。按照规定，臣属面见皇帝，身边不许携带任何兵器，否则即以图谋不轨论处，鳌拜根本就没把康熙帝放在眼里，毫无顾忌地把兵器放在身边。康熙帝装作并不介意，一边笑着，一边从容地说道："刀不离身，只是满洲的故俗罢了，不必大惊小怪。"慰劳了几句，便回宫去了。

康熙八年（公元 1669 年）5 月，康熙帝亲自擒拿鳌拜的一切准备工作已经就绪。为了确保万无一失，在正式行动之前，康熙帝将鳌拜的党羽以各种名义先后派出，削弱他在京城的势力。全部部署完毕后，16 日的早晨，康熙帝集合了担任此次擒拿任务的善扑营全体队员，乘鳌拜进宫之机一举擒之。

鉴于鳌拜所犯的罪行，康熙帝原拟将他革职处斩。在康熙帝亲自提审鳌拜时，鳌拜为求一活路，当着康熙帝的面脱下衣服，只见身上伤痕累累，那是他以往在搭救清太宗皇太极时留下来的。康熙帝见此亦感恻然，又考虑到鳌拜自清太宗以来一直为国家建立功勋，便赦免了他的死刑，改为终身软禁。康熙帝收回了辅政大臣批阅章疏之权，此后各处奏折所批朱笔谕旨，皆出自于他本人之手，而从无代书之人。这翻天覆地之举，竟出自一个 15 岁的少年之手，表明康熙帝在政治上早熟，初步

地显示了他的才华。

★康熙帝平生最大的一次冒险

就像做生意一样，一个天大的机会砸在你面前，干不干？不干，会错失良机，难有大的起色；干，弄不好会赔个底朝天，但也有可能实现跨越式发展的机会。这就是冒险，你得有接受这两种结果的思想准备。在这种情况下，大多数人可能会选择保守的做法。康熙偏不，在大臣的一片反对声中，少年皇帝冒了平生最大一次险，结果，他赢了。康熙的确是个天才，他如果去做生意，绝对可以成为一个李嘉诚式的人物。

所谓"三藩"，是指顺治年间清廷派驻云南、广东和福建三地的平西王吴三桂、平南王尚可喜、靖南王耿继茂（后由其子耿精忠袭爵）。三藩之中，吴三桂势力最大，他十分骄横，不但掌握地方兵权，还控制财政，自派官吏，不把朝廷放在眼里，直接威胁到清朝的统治。为此，康熙不得不考虑撤藩的问题。

在正式撤藩之前，康熙已开始逐步削减"三藩"权势，限制其不法行为。而三藩对此也有察觉，吴三桂和耿精忠于康熙十二年（公元1673年）7月假意奏请上交藩王印信，以试探朝廷的意向。康熙立刻召集会议研究撤藩。大臣们有两种意见：一种主张不撤藩，另一种认为应该撤藩，反对撤藩的意见占了上风。康熙却认为，三藩手握重兵，财政自成体系，特别是吴三桂拥兵自重，若不早除，必酿成无穷后患。所以综合各方面因素考虑，康熙决定撤藩，并将三藩全部撤往山海关外。

吴三桂接到撤藩谕令，大大出乎他的预料。他自负劳苦功高，而且又有军队，上这个折子本来就是试探康熙的口气，心里认为康熙必然不

会同意。不料康熙这个年轻的皇帝却决意撤藩，连一点回旋的余地都没有。他几十年苦心经营的一切将付诸流水，无论如何也不甘心，于是决意造反。

康熙十二年，吴三桂命令麾下官兵蓄发易服，发动叛乱。

吴三桂举兵叛乱后，闽、粤两藩也蠢蠢欲动，各地的吴氏党羽纷纷响应，各地告急文书频频传至北京。

康熙分析局势后认为：吴三桂是三藩的首领，消灭了吴三桂，其余乱党不攻自破。因此他采取了分化诱降、各个击破的方针。他先召回闽粤撤藩使，对耿、尚两藩暂行安抚，拆散他们与吴三桂的联盟，而对吴三桂采取重点打击的战略。康熙先派都统巴尔布等率3000精骑由荆州驰驻常德；都统珠满率兵3000由武昌进驻岳州，扼住湖广的咽喉要道；西安将军瓦尔喀率骑兵赴四川，形成了对吴三桂的包围；都督尼雅翰、赫叶、席布根特等率兵分往西安、汉中、安庆、兖州、郧阳、汝宁、南昌等要地，以保关中和中原后方的安全；诸路兵马均听宁南靖寇大将军勒尔锦节制。第二年又特派刑部尚书莫洛进驻西安，会同将军、总督便宜行事，巡抚、提督以下地方文武悉听节制。

战争初期，吴军气势汹汹，一些清军将领贪生怕死，长沙、岳州、衡州等要地先后失陷，吴军直抵湖北、四川，迫使瓦尔喀退守广元，勒尔锦和珠满困守荆州、武昌，都无力反击。吴三桂一面猛攻川楚，一面通过西藏的达赖喇嘛致书康熙，要求划江而治，被康熙断然拒绝。吴三桂和议不成，兵分两路：一路由他亲自挂帅，从长沙进江西，连续攻克30多座城池；另一路由悍将王屏藩督率，由四川进陕西，接应吴三桂养子王辅臣的叛军，攻克平凉、兰州、延安、绥德等地，一时间京师人

心震动，吴三桂气焰嚣张，扬言进攻北京。

王辅臣本来是忠于康熙的，他的叛变使得形势骤然紧张起来。为了应对恶化的局面，康熙传谕总督哈占，要他保护好王辅臣的妻儿家产，又派王辅臣儿子王继贞携诏前往劝说，表示"往事一概不究"，只要及时回头，便可官复原职。6月，王辅臣兵败投降；王屏藩部也节节败退，逃回四川，陕甘全境告平。

西线战场传来捷报的同时，清军与吴军在湘、鄂、赣一带进行长期的拉锯战。康熙十七年（公元1678年），清军平定闽粤，耿精忠、尚之信先后投降，湘鄂一带吴军已成孤军。吴三桂怕部下解体，赶忙在衡阳草草修建了庐舍当宫殿。3月28日，吴三桂即位称帝，国号为"大周"。此举使他的政治处境更加不利，前线清军攻势日益猛烈。是年8月，吴三桂急病交加，死在衡州。

吴三桂死后，"皇太孙"吴世璠即位，这时的吴军已兵无斗志，一路溃退云贵。为了加快平叛进程，康熙下令：胁从叛乱，缴械投降者，宽大处理；反正立功者，将功折罪，论功行赏。这项决定从政治上瓦解了叛军士气，除少数顽固分子坚持与清军决战以外，大多数叛军接战即降。短短一年多的时间，湖北、湖南、四川等地很快落入清军之手。康熙二十年（公元1681年）吴氏叛军彻底被平灭。

康熙从开始削藩直到吴三桂败亡，历时8年。在这场平叛战争中，康熙显示出超凡的政治远见和军事指挥才华。他坚持擒贼先擒王的战略，始终把矛头指向吴三桂，对耿、尚二藩实行剿抚兼施的政策，分化瓦解三藩联盟，各个击破。这次关系大清江山安危的斗争，康熙赢得了战争的胜利。

★少有的一位学贯中西的皇帝

中国历史上有学问的皇帝不少，但像康熙这么有学问的皇帝不多。他不仅精通满汉文化，而且难得地对西方科学表现出极大的兴趣，并进行了深入的学习。放在今天，康熙绝对是个文理兼备、学贯中西的大学者。

在康熙皇帝发奋学习的早期阶段，经筵日讲是一个主要的学习方式。作为中国封建社会君主自我教育的两种基本方式，经筵与日讲的主要内容是被尊为经典的几部儒家书籍和有关历代王朝兴废替代的一些历史著作。其中儒家经典如"五经"、"四书"，基本上都是成书于封建社会前期。由于这些书籍的作者或传授者都是儒家阵营中一些最杰出的思想家，因而其中所阐发的治世思想，对于封建君主施政，有着普遍的指导意义。正是因此，封建统治者经过长期的选择，将其确定为社会的正统思想。宋朝以后，又将之作为帝王自我教育的主要教材。至于有关历代王朝兴废的历史著作，则更为封建君主临政治国所必需。因而，凡是有政治责任心的君主，无不对之加以重视并将之作为自我教育的重要内容。在中国封建社会中，一些封建君主即通过努力学习儒家经典和历史著作并将之用于实际政治而取得了成功并成为千古称颂的明君，可见，学习儒家经典和历史著作，对于帝王自我教育和世道治理都有着重要的意义。

作为康熙皇帝长期坚持的一个重要的制度，经筵日讲对其本人思想及康熙朝政治都产生了重大的影响，概而言之，一是对其本人行为起到了一定的制约作用；二是为其巩固统治提供了丰富的经验；三是为其制

定政策提供了依据。所有这些，都对清朝统治的巩固和康乾盛世的到来发挥了重要的作用。

　　在努力博习经史以学习传统治国理论的同时，根据社会发展的现实要求，康熙皇帝还积极学习和国计民生有关的自然科学知识。这些活动，不但在中国历代帝王中绝无仅有，使得康熙皇帝的政治成就大大超出了他的同行先辈，而且使其在中国自然科学发展史上也有着重要的地位。

　　早在亲政之初，康熙皇帝即已开始对自然科学产生了浓厚的兴趣。康熙初年，清朝政坛上曾经发生了一场有名的历法之争。明朝以来，由于长期袭用13世纪下半叶郭守敬制定的《大统历》，误差积累日益严重，交食不验时有发生，节气推算也常常发生差错。为此，崇祯年间，崇祯皇帝采纳大学士徐光启建议，聘请德国传教士汤若望主持改进历法并修成《崇祯历书》137卷，但是此历未及推行，明朝即已灭亡。清朝入关以后，顺治二年，摄政王多尔衮遂将此历改名《时宪历》，颁行于世。同时，还将历局与钦天监合并，任用汤若望掌钦天监监印。并谕"所属该监官员，嗣后一切进历、占候、选择等项，悉听掌印官举行"。顺治皇帝在位期间，对于汤若望更是宠信有加，尊为玛法（满语爷爷）。利用顺治皇帝的信任，汤若望等积极传教，不长时间，教徒激增，影响迅速扩大，从而引起了正统封建儒生的不满。顺治皇帝去世后，四辅政大臣掌权，对于顺治时期的各项政策多有更动，借此机会，康熙三年，新安卫官生杨光先上疏，对汤若望所编新历加以非难和指责。为此，四辅政大臣将汤若望逮捕下狱，改以杨光先为钦天监监正，吴明烜为监副，废除时宪历，改行新历法。然而，由于杨光先无知不学，历法推算连年出错，甚至还出现了一年两春分、两秋分的笑话，并因此而受到西方传

教士南怀仁的批评和攻击。此时康熙皇帝已经亲政，为了弄清是非，康熙七年 12 月，康熙皇帝与议政王大臣等差大学士图海等会同监正马祜督同测验立春、雨水、太阳、火星、木星。结果，南怀仁所指，逐款皆符，吴明煊所称，逐款不合。康熙皇帝遂下令将杨光先、吴明煊革职，任命南怀仁为钦天监监副，复用时宪历。通过这一事件的处理，康熙皇帝感到，作为一个最高统治者，也必须通晓科学技术，才能更好地统治全国。后来，他对大臣回忆当时情形时说："尔等唯知朕算术之精，却不知朕学算之故。朕幼时，钦天监汉官与西洋人不睦，互相参劾，几致大辟。杨光先、汤若望于午门外九卿前当面测睹日影，奈九卿中无一知其法者，朕思己不知，焉能断人之是非，因自愤而学焉。"正是在这种思想指导下，亲政之后不久，康熙皇帝开始学习自然科学。

数学是天文历算的基础和工具，为了使自己在天文历算上成为内行，康熙皇帝首先刻苦学习数学。中国古代的数学计算一直居于世界先进行列，但自宋元以后，由于统治者不加重视，科学发展不但十分缓慢，而且不少原已发明的计算方法也湮没失传。与之相反，随着资产阶级的兴起，西方各国数学知识迅速发展，后来居上。有鉴于此，康熙皇帝遂以供奉内廷的西方传教士南怀仁、安多为师，学习数学。当时，康熙皇帝已经开始经筵日讲，学习传统治国理论的任务已经十分沉重，但是，为了掌握数学知识，三藩之叛前两年多的时间里，康熙皇帝仍然以极大的热情，把完成计划内的学业以外的时间完全用于研究数学，以浓厚的兴趣连续两年专心致志地投身于这项研究工作。在这两年中，康熙皇帝了解了主要天文仪器、数学仪器的用法，学习到了几何学、静力学、天文学中的一些基础知识。后来虽因三藩之叛爆发，迫使康熙皇帝暂时中

断了自己的学习，但是，出于对自然科学知识十分浓厚的兴趣，康熙皇帝"一有空闲时间就练习已经学过的知识"。三藩叛乱平定之后，清朝统治日益巩固，中国社会进入了和平发展的新时期，因为紧急政务相对减少，康熙皇帝比以前更加热心地学习西洋科学。为了这一目的，除南怀仁、安多之外，他又将西方传教士徐日升、张诚、白晋、苏霖等请入宫中，讲解天文历算以及与之有关的《欧几里得原理》与阿基米德几何学。为了消除语言障碍，康熙皇帝还为他们专门配备满、汉教师，辅导他们学习满汉文字。为了使讲课收到满意的效果，还下令内廷官员将他们进讲内容整理成稿，由传教士在进讲时口授文稿内容。在进讲过程中，康熙皇帝态度认真，不但聚精会神地听讲，不懂就问，而且还于课后认真复习。

随着康熙皇帝学习自然科学知识的日渐深入，他对有关国计民生的各种自然科学知识如兵器制造、地图测绘、医学、农学等也都产生了广泛的兴趣。为此，他多次表示欢迎懂科学的西方传教士前来中国。在他的授意下，康熙二十一年，南怀仁在致西欧耶稣会教士的一封信中呼吁道："凡擅长天文学、光学、静力学、重力学等物质科学之耶稣会教士，中国无不欢迎。"在康熙皇帝的招徕下，洪若翰、白晋、张诚、苏霖同时来华，供奉内廷。康熙三十六年，康熙皇帝又以法国传教士白晋为使，回欧招聘教士。于是，康熙三十八年，又有马若瑟、雷孝思、巴多明等人来华。即使在清朝政府因教规问题和罗马教皇严重对峙期间，康熙皇帝也没有放松争取西方科学人士来华的努力，并先后授意西方传教士沙国安、德里格、马国贤等致书罗马教皇，要他"选极有学问天文、律吕、算法、画工、内科、外科几人来中国以效力"。在此同时，康熙皇帝则如饥似渴地投身于各种自然科学知识的学习和试验之中。

作为康熙皇帝终生爱好的一项事业，和经筵日讲一样，学习自然科学也对康熙朝政治产生了一定的影响。

首先，通过学习，康熙皇帝使自己在自然科学领域内成为内行，取得了主动权，从而在各种政策决策以至具体事务处理中都比较容易分清是非，接近实际，避免或少走了不少弯路，即以黄河治理而言，清朝初年"决溢之灾无岁不告"，河患成了一个极大的社会问题。虽然国家每次拨出大量帑金修治，但都收效甚微。所以如此，最高统治者对治河规律盲目无知当是一个重要原因。为此，三藩叛乱平定之后，康熙皇帝集中精力研究河务，他一方面博考前代文献，另一方面又多次前往视察，其中关键环节并亲自动手测量，与此同时，还屡集廷议，综观全局，从而在治河中收到了较好的效果，也产生了巨大的社会效益。

其次，康熙皇帝重视自然科学也在一定程度上改变了长期以来封建士人的"重道轻艺"的错误倾向。两千多年以来，中国历代帝王大多只重视政治军事和思想，只研究治人，不研究治物；只研究驾驭人类，不研究征服自然。受此影响，封建士人皆以为儒家经典无所不包，兼以"就易畏难，以功名仕宦为重"，从而形成了一种顽固的"重道轻艺"的错误倾向，严重地阻碍了生产力的发展和社会的进步。而康熙皇帝却以帝王之尊对自然科学表示重视，努力学习，积极推广，在当时社会上产生了深远的影响。在他的带动下，许多士人投入数学、天文学、医学、水利、工艺等自然科学各领域的研究，他们有的努力发掘中国古代科学遗产，有的刻意创新，不但大大缩小了中西科技之间的差距，同时，对于自然科学的发展和中国社会的进步，也起了积极推动作用。

★勤政务实的工作作风

清朝前期的皇太极、康熙、雍正、乾隆这四位皇帝有一个共同特点：既调明世事，又勤于政务，而康熙皇帝又多了一条：作风踏实、不慕虚名。能够在一片颂歌当中始终保持清醒的头脑，就这一点来说就称得上圣明。

康熙皇帝御门听政始于康熙六年 7 月亲政之日，自此之后，每日辨色而起，未明求衣，逐日视朝，一直坚持几十年之久。因为康熙皇帝视朝过早，各级官员为了不迟到，必须于"三四鼓趋赴朝会"，因而平定三藩之后，一个低级官吏大理寺司务赵时楫代表广大官员上书康熙皇帝，指出"自古人君，从未尝每日亲御听政，即定期视朝，亦未有甚早者"。为此，他建议视朝时间改在辰时，视朝时，只令"满汉正左轮流"，"其余无事官员及闲散衙门官员，停其每日上朝，照旧一月三次上朝"。考虑到广大官员的实际困难，康熙皇帝将御门听政时间推迟到辰时，朝见官员也相应减少到有关官员，但是他自己却仍然坚持御门听政。后来，出于对康熙皇帝身体的爱护和关心，康熙二十三年、二十九年、三十二年时，又先后有许多臣下上疏，要求康熙皇帝不必逐日御门听政。如康熙二十三年 5 月，御史卫执蒲上书康熙皇帝，奏请"御门听政，或以五日，或以二三日为期"。康熙二十九年 10 月，户科给事中何金蔺上疏康熙皇帝，"请定御门之期，或三日，或五日"。"日烦临御，臣谊难安。"康熙三十二年 12 月，大学士等奏请"每日奏章，交送内阁，皇上隔三四日御门一次，听理引见人员与绿头牌启奏诸事"。对于广大臣工的一番美意，康熙皇帝表示感谢，但是考虑到自己身为帝王，应该"先人而忧，后人而乐"、"政治之道，务在精勤，励始图终，勿宜有间"，而不予接受。由于长期御门听政，形成了固定的生活和工作规律，如不御门听政，他就觉得不安。如康熙三十二年时他说："朕听政三十余年，已成常规，不日日御门，即觉不安。若隔三四日，恐渐至倦怠，不能始终如一矣。"即使是在生病期间，他也坚持御门听政，偶因病重，不能临御乾清门听政，他也因为"与诸大臣悬隔，思之如有所失"而谕令臣下进奏乾清宫。他还表示："朕三十年来，每晨听政，面见诸臣，咨询得失，习以为常，今若行更改，非励精求治初终罔间之道，且与诸臣接见稍疏，朕衷亦深眷念。"康熙三十四年冬，在他生病期间，大学士伊桑阿等奏请"暂停御乾清门听政"时，他又表示"朕每日听政，从无间断，闲坐宫中，反觉怀抱不适，你诸大臣面奏政事，朕意甚快，体中亦佳，今灼艾视前已愈，国政紧要，朕仍照常御门听政"。在逐日听政的同时，康熙皇帝还极为注意提高听政的效率和质量，极力避免形式主义。在他看来，听政主要内容是君臣共同处理国家事务，因而在视朝时，十分重视臣下的意见，多次表示他自己"从来不惮改过，唯善是从，即如乾清门听政时，虽朕意已定之事，但视何人之言为是，朕即择而纳之"。因此，他要求奏事官员"各抒胸臆，直言无隐，但求事当于理，互相商酌，即小有得失，亦复何伤，朕焉有因议事而加罪者乎"？对于一些官员"不以所见直陈，一切附会，迎合朕意"则加以批评。即使是在休息时间，他也时时将"天下大事，经营筹划于胸中"，以便御门听政时能正确处理。

御门听政之外，阅览处理各地各衙门所上奏章也是一重要的政务活动。一般情况下，每日奏章不下百十来本。这些奏章，例由内阁大学士

先行览讫，并拟出初步处理意见呈送康熙皇帝，由他最后决定。对此，康熙皇帝不是不负责任地不看奏章内容便在内阁所拟票签上打勾画圈，而是将所有奏章通通详加阅览，不遗一字，"见有错字，必行改正，其翻译不堪者，亦改削之"。在此同时，还对内阁票拟，详加审核，以定可否。即使在病中，也坚持不辍。如康熙二十九年2月，康熙皇帝身体违和，移居瀛台养病，仍令"部院各衙门奏章，俱交内阁转奏"。当年10月，康熙皇帝患病期间，也"日理奏章，未尝废事"。有时，康熙皇帝外出巡幸，批阅奏章便成了他处理政务的主要方式。因而，一般情况下，他下令京中奏章三日一达御前，有时，还下令两日一送。奏章一到，"随即听览，未尝一有稽留"。如果递本人员迟延时日，还严加处分。如康熙二十三年春，康熙皇帝视察畿甸，因为当时"户、刑二部启奏之事最为烦冗，皆钱粮刑名所关，若一时不加详阅，恐有贻误"，因而他下令改变前此三日一送而为两日一送。当年10月，康熙皇帝东巡曲阜途中，京中奏章至时未至，康熙皇帝异常焦急，深夜不眠，坐待奏章，并且下令"今日奏章，不拘时刻，一到，尔等即行呈进，朕宵兴省览"。一直等到四更时分，奏章始到，康熙皇帝立刻摊开批阅，一直到天亮方才处理完毕。康熙四十年6月，康熙皇帝巡幸塞外，因为京中奏章未能按时抵达御前，康熙皇帝还特别指示派人调查原因，予以处理。巡幸回京后，为了处理在外巡幸期间积累起来的待理政务，康熙皇帝更是繁忙异常。他说："朕历年夏日避暑，九月回銮，所积四月内外不能办理之事，日夜料理，必在岁内完结。至次年开印，又复速为办理，无致壅积。"康熙五十六年冬，康熙皇帝老境来临，大病70余日，两脚浮肿，右手不能写字，但是为了批答奏章，仍坚持用左手批阅而不假手于人。

多年勤政，使他饱尝了帝王生活的甘苦与艰辛。康熙五十八年4月，他特地为此向大学士、九卿、詹事、科道官员尽掏肺腑。他说，"我自亲政以来，一切重要事务，都是亲自动手处理，从来不敢偷懒。在少壮时期，精力充沛，并不觉得劳苦，而今老境来临，精神渐减，办起事来便觉得十分疲惫不堪，批答奏章手也发颤。如想还像当年那样办事精详，则力所不及；如果草率处理，心中又非常不安。从来读书人议论历代帝王，多加指责他们的过失，批评他们安享富贵，耽于逸乐，我多年披阅史籍，对历代帝王为人行事也颇留心，觉得做一个国君极为不易。不说别人，即以我而言，在位60年，昼夜勤政，即使铁打的身子，也要拖垮，何况血肉之躯。现在在朝供职的年老大臣，年岁大约和我不相上下。在衙门办事，不过一两个时辰，就可回家安息，有病还可以告假，有的人还无病装病，他的同僚和属员决不会强迫他继续上班。往年考试武进士，左都御史赵申乔竟然在考场上打瞌睡，侍卫们几次把他唤醒。有我在场尚且如此，在自己衙门办公就更不用说了。现在天下大小事务，都是由我一人处理，无可推诿，如果把重要事务交人办理，则断然不可。因此，我昼夜劳累，须发皆白。虽然如此，也不敢偷懒，从早至晚，没有一点空闲，真是强打精神，硬加支撑啊！我如此勤政，你们臣下却没有一个人肯为我实心效力，不但如此，说不定还有不肖之徒见我年老，精力不够，乘机徇私舞弊，这都是你们应该十分留心的。见我百般勤劳，你们只不过在口头上要我安静休养，再不就是搬弄一些颂圣套语，什么'励精图治'、'健行不息'、'圣不自圣，安愈求安'，这些话，如果对不读书的君主来说，也许他们爱听；我多年读书，明白事理，这些粉饰之词，60年来，听得耳朵上都起了茧子。所以我劝你们还是多办实事，少说废话，才对国家治理有所裨益。"

由于长期勤政，康熙皇帝养成了反对虚夸、讲究务实的作风，对于各地上陈祥瑞，他向不热心，从来不曾将之宣付史馆。对于不事生产的僧道，康熙皇帝早年时期极为鄙薄，认为他们都是一批游手好闲之徒。他还认为秦始皇、汉武帝迷信方术，梁武帝、唐宪宗信佛都是愚蠢的行为。后来，他对僧道的看法虽然有所变化，但是也是敬而远之，从未加以提倡。因而，终他在位期间，佛道势力始终没有得到发展，更未能影响中枢决策。他尤其反对无益实政的庆寿典、上尊号等。因而在他在位前期，凡逢他本人寿诞，他一般都下令停止朝贺，更不搞什么筵宴。三藩叛乱、噶尔丹叛乱平定之后，群臣想给他上尊号，他也都推给了他的祖母孝庄文皇后和嫡母孝惠章皇后。康熙四十二年，康熙皇帝50寿辰届期，臣下又想搞庆典、上尊号，还要恭进鞍马缎匹等物，康熙皇帝一概拒绝，他说，如果在京官员如此，地方督抚也一定会效法，后果不堪设想。后来，群臣恭进万寿无疆围屏，他也只收下颂辞，而将围屏退还。在此同时，他还颁发长篇谕旨，指出自己御极40多年来，"亲历饥馑者不知其几，南北用兵者不知其几，人心向背者不知其几，天变地震者不知其几"。居安思危，自己不应"以名誉称尚为荣"，而当"以海内富庶为心"。康熙五十一年10月，礼部诸臣以次年恭逢康熙皇帝六旬万寿，特地会同大学士、九卿、詹事、科道等官议上庆寿章程。康熙皇帝览奏后，又情辞恳切地向上奏群臣说了一番话。他说，"我自即位以来，一心盼望着天下太平，在历史上留一个好名声。几十年来，我夙夜勤劳，以致须发皆白，心血耗尽，克服了数不清的困难。自古帝王在位时间都极为短暂，享年不永，人们往往说成是别的原因，其实这是不了解历代帝王一生何等辛勤啊！我的才能和德行本来极其普通，只是赖有祖宗荫庇，才得以在位 50 余年，年寿也将及 60。现在为国事更加忧劳，精力愈益不支，只害怕长此下去，以致不能始终如一，使得一生勤劳，付之东流。因而兢兢业业，并没有祈求 60 大寿的想法，看到你们的奏章，我觉得都是不讲实际的虚言套语。我十分希望做臣下的能够清廉自持，做儿子的能够孝敬父母，兄弟之间也互相友爱，人人都读正经书籍，各自尽心于自己的职责，国家太平，人民幸福，盗贼宁息，这就是对我 60 寿辰的最大贺礼了。此外一切仪式，我并不喜欢。"后来，只是群臣瞒着康熙皇帝，先期召请直省官员绅士耆庶入京庆贺。造成既成事实，盛意难却，为了答谢士民好意，康熙皇帝才举办了一次大型宴会招待向他祝寿的耆老。但是在内心中，对于这种行动，他却是不以为然的。除此之外，对于臣下"陈奏国家之事辄用称颂套语"，康熙皇帝也十分反感并多次提出批评。认为他们这样做"于朕躬并无裨益"，并要求他们以后"当尽删除称颂套语，将有益于朕躬之外事，速为指陈，使事务不致壅积，可以知诸臣之实心报效，而朕之病体亦得调护矣"。这种勤政务实的作风，不但使得康熙皇帝的成就超过了中国历史上的多数帝王，而且也对雍正以后清朝各代帝王产生了重要的影响，对于清朝统治的巩固和中国历史的发展也起了重要作用。

★康熙至孝

封建帝王提倡孝道这不难理解：政治的需要、稳固统治基础的需要。康熙的特别之处在于不仅提倡，而且身体力行，他对长辈的尊敬与关照出于至诚，不矫揉、不造作。在古代帝王当中称得上至孝的非康熙莫属。

康熙蒙祖母抚养教训 30 余载，祖母病重之时，他不仅"检方调药，亲侍饮馔"，并对她说："……此时不竭心尽力，少抒仰报之忱，异日虽欲依恋慈闱，竭朕心力，岂易得耶！"意思是说生前不报答，死后唏嘘是没有用的。

康熙的成长，的确饱蘸了祖母太皇太后的心血与汗水。他在尊奉祖母为太皇太后的册文中，特别记下祖母"海迪"之恩。亲政后，特别是鳌拜的翦除，使他逐渐成为叱咤风云的大国之君。然而，他在人伦教化上仍然是个普通人，并不把自己神化。他对祖母仍敬重如初，每借去慈宁宫向祖母问安和陪同出游之机，请教和商议国家大事。太皇太后放手让康熙亲政，在关键时刻及重大问题上常加以指点，并不放松对国事的关心。

康熙十一年 12 月 15 日，康熙到慈宁宫问安，孝庄太皇太后根据太宗时"重骑射"之传统经验，告诫说："方今天下太平，四方宁谧，然安不可忘危，闲暇时仍宜训练武备。至如在朝诸臣奏事，岂无忠诚之告者？然不肖之类假公行私，附己者即为引进，忤己者即加罔害，抑或有之。为人君者，务须秉公裁断，一准于理，则事无差失矣。"——对武备、文治均予以指点。

次日，康熙向起居注官传达了祖母上述意见，深有感触地说："朕绎慈训，人君之道，诚莫要于须公裁断之一言也。"

遵照祖母训练武备之指教，他于次年正月率诸王、大臣去南苑行围，大阅八旗劲旅，整饬武备。此措施对后来平息吴三桂等反叛颇有裨益。

年轻的康熙独立处理朝政，凡属有益之事，太皇太后都给予鼓励和支持。譬如他令人将东北部分少数民族内迁，组建"新满洲"，但朝中有人不予支持。太皇太后鼓励他说："此虽尔祖上所遗之福，亦由尔抚柔远人，教化普遍，方能令此辈倾心顺从也，岂可易视之？"同年11月，吴三桂叛乱，八旗将士出征，太皇太后拿出宫中所存银两、缎匹赏给八旗出征官兵。这些看起来似乎细小之举动，对于年轻的康熙却很宝贵，使他更增强了信心和力量。

吴三桂反叛不久，蒙古察哈尔部亲王布尔尼又乘机作乱。康熙感到不安，求教于祖母，太皇太后认为"图海才略出众，可当其责"。康熙立命信郡王鄂扎为抚远大将军，图海为副将军，率师征讨布尔尼。副将军图海果不负所望，仅率数万家奴就顺利地平定了布尔尼叛乱。

由此，康熙对太皇太后的感恩是可以想见的。他常把取得的成功推恩于祖母。康熙二十年12月，他向太皇太后上奏："臣抵遵懿训，绥靖寰区，叛逆削平，兵民休息"，将平定吴三桂等叛乱之胜利归功于祖母。有一次太皇太后生病，想念嫁到巴林的女儿淑慧公主。康熙得知，立即派乾清门侍卫武格用御轿前往迎接。公主很快到来，太皇太后见到女儿喜出望外，"圣体遂强健如常"。

康熙二十二年9月，太皇太后谒五台山，因山路坎坷难行，乘车不稳，康熙命备八人暖轿。太皇太后念及轿夫之艰难，坚持乘车。不得已，康熙瞒着祖母，命轿夫远远随车而行。中途，见祖母乘车艰辛，请改乘轿。祖母为难地说："已易车矣，未知轿在何处，焉得即至？"康熙答："轿即在后。"立即令轿近前。祖母见状大喜，抚孙儿之背赞叹不已，说道："车轿细事，且道途之间，汝诚意无不恳到，实为大孝。"

康熙二十六年11月，太皇太后病重，康熙亲自在慈宁宫护理，昼夜不离左右，"检方调药，亲侍饮馔"。祖母宁憩之时，他"隔幔静候，

席地危坐，一闻太皇太后声息，即趋至榻前，凡有所需，手奉以进"。"三十五昼夜衣不解带，目不交睫，竭力尽心。"

为满足祖母不时之需，凡坐卧物品、饮食肴馔无不备具，仅糜粥之类即备有 30 余品，"随所欲用，一呼即至"。祖母屡次命康熙回宫暂息，"少宜自爱"，诸臣亦一再奏请皇帝保重身体，但他仍然勉强支持。他对内阁大学士等说："朕念幼蒙太皇太后抚养教训三十余年，罔极深思难以报答。今见病体依然，五内焦灼，莫知所措，朕躬寝处何暇顾计？"

同年 12 月 25 日，太皇太后病逝，享年 75 岁。遗诰劝康熙"宜勉自节哀"，以国家大事为重；命"中外文武群臣，恪恭奉职，勿负委任，以共承无疆之福"。康熙悲痛欲绝，诸王、贝勒、文武大臣等公疏奏请皇帝节哀，并高度评价太皇太后一生功绩，写道："伏念太皇太后顺德承天，徽音衍祚。佐太宗文皇帝，肇造丕基，启世祖章皇帝式廓大业。迄我皇上缵承洪绪，手定太平，克享耆年，流光亿祀。"

康熙终生不忘祖母鞠养教诲厚恩，将祖母葬于遵化昌瑞山南麓孝陵前的昭西陵，并命将祖母生前最喜欢的新建寝宫五间拆运至墓地，原样重建，称暂安奉殿，并主动提议为祖母上尊谥为"孝庄仁宣诚宪恭懿翊天启圣文皇后"，后人简称孝庄文皇后。

对祖母如此孝敬，对自己的母亲，康熙自然也是恪尽孝道。除了生母之外，对几个庶母，他也从未有过丝毫怠慢。

★一个无比英明的决策

在可弃可取之间，康熙选择了取。如果说康熙是一位英明的皇帝的话，恢复台湾并将之纳入大清版图就是他无数个英明决策中最为耀眼的

一个。台湾对于中国的重要性在今天不言而喻，但在康熙之后的长时间里并没有被充分认识到，这更显示出一个顶尖政治家能见人所未见的政治素质。

顺治十八年（公元1661年）2月至12月，南明延平郡王郑成功命世子郑经留守金门、厦门等地，他亲自率师东征，驱逐荷兰殖民主义者，收复台湾。但郑氏政权坚持抗清立场，占据东南沿海。郑成功病死于台湾后，世子郑经继承王位，依然与清廷对抗。

康熙皇帝亲政以后，一心想收复台湾，但是因为"三藩"作乱，他忙于平定叛乱，所以对台湾郑氏主要采用招抚政策，但是郑经始终没有接受招抚。"三藩"之乱平定以后，康熙皇帝开始全心收台。在收复台湾的过程中，有两个人所起的作用最大，一个是姚启圣，一个是施琅。

姚启圣，字熙之，一字忧庵，原为浙江会稽人，后附族人籍，隶属汉军镶红旗。康熙二年考中举人，当了广东香山知县，不久因故被革职。"三藩"叛乱后，他投进康亲王杰书军中，屡献奇谋，康亲王很器重他，官职也从代理知县升到了布政使。

康熙十七年（公元1678年）春，郑经为给清朝施加压力，以争取和谈中的有利地位，遣骁将刘国轩连败清兵，进围海澄。清廷驻守官吏对全局缺乏统一规划，遇事惊慌失措。康熙见他们"庸懦无才，职业不修"，便于5月初十将他们解职，通过康亲王荐举，破格提升姚启圣为福建总督。

姚启圣于6月初接任，认真贯彻康熙招抚郑经下属官兵民众谕旨，为争取投诚，特别注意对其家属及其亲族落实政策，并任用海上投诚人员。这一保护郑氏、团结海上投诚人员的政策，立即产生巨大效果。

姚启圣为了准备攻打台湾的武力，还整顿充实绿旗兵。过去"镇将各官，多以食粮兵刁民充伴当、书记、军牢等役，至临阵十不得七"。因此，他首先从直属总督之督标做起，革除了无用的兵员，新招募了一批生力军。康熙帝得知，予以表彰，认为此法很好，下令推广到其他各省。

由于姚启圣采取有力措施，并与巡抚、提督、满洲将领、外省援军齐心合力，至康熙十七年9月，福建军事形势大为好转。9月20日，姚启圣与将军赖塔等于漳州附近大败郑军主力，相继收复长泰、同安。此后又连败郑军于江东桥、潮沟等地，刘国轩逃回海澄。姚启圣见海澄深沟高垒，难以突然攻下，便全力开展招抚工作。他派遣漳州进士张雄赍书去厦门招抚。郑经以"海澄为厦门门户，不肯让还"。姚启圣于10月又遣泉州绅士黄志美赍书再次往厦门劝谕。郑经仍执前辞，拒不受抚。

康熙二十年（公元1681年）4月，姚启圣先后接到台湾傅为霖、廖康方密禀，郑经已于本年正月28日病故；其长子监国郑克也于30日被绞死；年仅12岁的次子郑克塽即延平王位，现在台湾岛内人心浮动，可以乘机武力收复。姚启圣根据密报上疏康熙皇帝要求发兵收复台湾。可是，姚启圣的建议却遭到了很多人的反对。反对者中，竟包括闽海前线最高军事长官都统宁海将军喇哈达。而内阁学士李光地却坚决支持武力收复台湾。李光地是福建安溪人，他曾以在籍官蜡丸密封向康熙上平闽之策，因此深得康熙信任。他当上内阁学士后，积极推荐施琅。

施琅，福建晋江人，初为明总兵郑芝龙（郑成功的父亲）部下骁将，顺治二年11月，随郑芝龙降清。因坚决不从郑成功抗清，他的父亲、兄弟和儿子都被郑成功所杀。康熙元年，被提拔为福建水师提督。

他自幼生长海上，深悉水性及郑氏情形，一贯主张以武力围剿郑氏，攻取台湾。曾经于康熙初年上疏，要求武力收复台湾，但是鉴于当时的条件还不成熟，他的建议被否决，并且裁撤福建水师提督，战船也被尽数烧毁，海上投诚官兵到外省垦荒，授施琅为内大臣，编入汉军镶黄旗，留于京师。

姚启圣上任之初也曾一再上疏保举施琅担任福建水师提督。但是因为他的长子施齐（化名工世泽）、族侄施亥都还在郑经手下当官，朝廷不太放心，所以迟迟未予任用。后经姚启圣核实施齐、施亥因"擒郑逆献厦门以报本朝"，于康熙十九年2月被杀，两家73口同时遇难。施琅这才重新得到朝廷的信任。康熙二十年7月，李光地再次推荐施琅，康熙皇帝也深感原来的福建水师提督万正色难当重任，便采纳李光地的建议，以施琅替换万正色。

康熙皇帝启用施琅之后，放手使用，大力支持。施琅为了能在征剿过程中加强与皇帝的联系，题请吴启爵"随征台湾"。兵部不准。康熙特批："爵在京不过一侍卫，有何用处？若发往福建，依施琅所请行"。施琅任内大臣10余年，深知吴启爵受皇帝信任，请他随征，无异于钦差大臣。后来吴启爵在关键时刻往来于福建与北京，呈报前线情况，传达皇帝指示，对统一台湾起了重要作用。

施琅吸取前三四年间进军台湾失利的教训，为防止总督和水师提督之间彼此掣肘，极为重视专征大权。康熙二十一年（公元1682年）2月初一，施琅上《密陈专征疏》，再次要求康熙为自己颁发专征台湾之敕谕，康熙皇帝考虑到自己远在北京，对前敌的形势不熟悉，于是放权给施琅，让他总管攻台的军事作战，总督姚启圣负责管理政务，李光地

负责管理钱粮后勤。这样，三个人分工明确，便于随机应变，处理各种事务。

经过几次大战，台湾军队放弃抵抗，郑克塽宣布投降。康熙二十二年（公元1683年）8月11日，施琅率官兵前往台湾受降。郑克塽闻讯，坐小船出鹿耳门迎接，并亲率刘国轩、冯锡范等重要文武官员，齐集海边，列队恭迎王师，然后会见于天妃宫。

施琅领兵登陆以后，禁止军兵骚扰百姓，维护社会秩序。18日，郑克塽等剃发，施琅当众宣读皇帝赦诏。郑克塽等遥向北京叩头谢恩。从此，台湾与大陆重新统一。

施琅入台之后，不负康熙的期望，未对郑氏进行报复，却前往郑成功的庙宇行告祭之礼。他知道郑成功在台湾官兵心目中的地位。在台湾政权变换、人心浮动的时刻，这一举动，对于安定郑氏官兵的情绪、稳定社会秩序无疑产生了重要的社会效果。

捷报传到北京后，康熙精神异常振奋。将收到捷报那天所穿的衣物赐给施琅，并赐五律一首，写道：

岛屿全军入，沧溟一战收。

降帆来蜃市，露布彻龙楼。

上将能宣力，奇功本伐谋。

伏波名共美，南纪尽安流。

伏波指东汉名将马援，曾封伏波将军。康熙称赞施琅智勇双全，建立奇功，可与马援齐名，流芳百世，封施琅为靖海侯，世袭爵位。

康熙二十二年（公元 1683 年）12 月，郑克塽等奉旨进京。康熙对原台湾的官员都给予封赏，让他们在朝中为官。尤其值得一提的是康熙对郑成功子女的态度，他不但认为郑成功、郑经并非"乱臣贼子"，命将其父子灵柩归葬南安，还亲自赠送了一副对联："四镇多二心，两岛屯师，敢向东南争半壁；诸王无寸土，一隅抗志，方知海外有孤忠"，挽念郑成功收复中华故土的不朽业绩。

第二章

历史上治世能臣这些事儿

治世能臣，是一个朝代的中流砥柱：或为改革先锋——顶住压力，除弊革新，开创新局；或者政绩卓著——呕心沥血，忠心耿耿，卓有成就。他们有才能、有担当，尽管其个人命运各不相同，但他们留下的大政治家的风范令时人嗟叹，令后人景仰。

中国历史上第一名相管仲

★以发展经济为强国之本

由国家干预经济，以经济收入（如盐铁专卖）代替赋税，来调节社会财富分配和调整社会阶级关系，达到发展经济增加国力的目的。这在今天来看没什么，但在2500多年前，不失为一划时代的创举，其促进经济的成效也是显著的。

正是由于管仲所推行的一系列利国利民的改革措施，有效地调整了国家的经济结构，加强了政府的管理机制，开辟了商品市场经济，发展工商业（官营为主）的道路，充分利用了齐国的天时、地利，在较短的时间内，使齐国的经济得到迅猛的发展。齐国因此积累了大量的财富，成为当时中原最发达的国家，为齐桓公的霸业提供了雄厚的经济实力，使齐国国势由中衰而变为强盛。其具有革新意义的经济改革政策对后世也产生了深远影响。

管仲任相后，深受齐桓公重用，得以大展其才。

齐桓公向管仲请教治国之策。管仲答道：要使国家强盛，首先要发

展经济。只有发展生产，才能富民足食，使人民"仓廪实而知礼节，衣食足而知荣辱"。而礼、义、廉、耻是维护国家的根本原则，这些原则若被破坏了，国家就要灭亡。只有发展经济，弘扬这些基本原则，国家的法纪制度才能够建立起来，国家的力量就会强大。齐桓公听了点头应允，放手让他在国内进行大刀阔斧的经济改革。

西周时代的手工业和商业，基本上是由官府经营，工匠、商人多为官府的奴隶，因此，这种工商业由官府占有的制度被叫做"工商食官"。至春秋时期，随着封建制度萌芽的日益增长，私营工商业也相继兴起，出现了独立的手工业者和独立的商人。在一段时间内，与"工商食官"的制度发生着种种的矛盾与不适应，在这种情况下，管仲在致力于发展工商业的同时，对于工商业管理实施了一系列改革措施。管仲对工商业的改革重点是加强对流通过程的控制，而生产过程中则不强调官营，尽可能利用私人力量。在当时的工商业中，盐铁是获利之大项，所以，当齐桓公向管仲提出"财用不足若何"这一问题时，管仲坚定地回答："唯官山海可耳。"

所谓"官山海"，其核心内容就是实行盐铁专卖。在自然经济占统治地位的古代社会，盐、铁是人们生产、生活所必需而又不能随地生产、非依赖市场供应不可的特殊商品。但盐铁这两项山泽产品，自西周末以来，一直实行着私人经营、国家收税的方式，其中大部分收益被私人得取，官府收入不多。而管仲所实行的"官山海"、盐铁专卖政策，并不是把盐铁的生产经营完全收归官府，而是放给私人生产，官府控制流通环节，通过商业活动国家取得厚利。具体说来，就是由国人来从事盐铁生产，依照传统的山海自然资源属于国有的原则，官府向生产者征收一

笔租税，并统一收购、统一销售，即专卖他们的盐铁产品，供应市场需要。其中有一部分也可作为官府内部的消费之用。这样做，既可以充分调动人们的生产积极性，却又在官府的控制中。为了尽收盐铁之利，"利出一孔"，管仲还下令设立专门的盐官、铁官执掌煮盐、冶铁之业。具体负责盐铁的收购、运输和销售。

盐铁专卖政策，是管仲审时度势而创立的一项前所未有的国家经济政策。就当时的情况来说，专卖制度的积极作用是很大的。首先，它为国家增加了财政收入，政府不必另筹税源而国用足。仅经营食盐一项，政府就可获取一倍或二倍于人头税的收入。《管子·海王》中说道：食盐专卖收入"非籍之诸君君子，而有二国之籍"。而在经营铁器方面，官府要向冶铁者和制造铁器者两个环节征税，一为实物税，一为货币税，坐收盈利，十分合算。管仲的以盐铁专卖为主体的"官山海"的收入，基本上都是通过交换方式得来的商业利润，而不是从生产活动中获得的，即国家是通过流通领域、通过买卖方式取得专买利润的，实际上仍是一种隐蔽的税，因取之于无形，故能做到"取人不怨"，人们容易接受，如管子曾建议："令针之重加一也，三十针一人之籍；刀之重加六，五六三十，五刀一人之籍也；耜铁之重加七，三耜铁一人之籍也。其余轻重皆准此而行。"意思是按重量多少分别加价（加在销售价上），以代征税。如一根针上加一钱、一把剪刀上加六钱、一个铁耜上加七钱，就相当于收一个人一个月三十钱的人头税。这样，国家形式上没有征税，但实际上通过买卖方式，已将这笔"税"在人们不察觉的情况下拿到手了。可以说，这是当时增加政府财政收入的一项最好的办法。

管仲的盐铁专卖政策，不仅为国家增加了财政收入，而且还激发

了人们制盐、制铁的热情，促进了民间盐、铁生产，保障了人民生活和生产上的需要。管仲将盐铁生产放给民营，官府只是征收一笔不重的租税而已，这无疑会大大提高生产经营者的积极性。如在制盐方面，《管子·戒第》中曾对煮盐业兴旺的情景有一句生动的描述："草封泽，盐者之归之也，譬若市人。"就是说山泽开放的时候，煮盐的人纷至沓来，人多得如同赶集一般。这样海盐被大量地生产出来，不仅满足了本国人民的生活需要，而且还大量出口，销往其他诸侯国。齐国的铁器生产由于管仲实行民制而非官营的政策也得到很快的发展，致使铁铸农具的使用日益普及，使本来地"多泻卤"（盐碱地）的齐国，一举而变为"膏壤千里"的农业富国。

　　作为"官山海"政策的延伸，管仲还大力发展同其他诸侯国的境外贸易。为了推动渔盐业及其他货物交流的发展，管仲采取了比国内贸易自由得多的开放政策，而且在方法和策略上有许多新的创造。在市场管理方面，管仲提出了"关市讥而不征"的原则，即政府对市场只是稽查管理而不征税。他特许商人对鱼盐等商品自由出口并减免税收，而且给予自境外来齐贸易的商人种种便利和优待，以促使内外交流更趋于活跃。这种宽松自由的商业贸易政策，大大开拓了齐国商品外贸的渠道，同时也使天下"诸侯称广焉"。管仲的这种境外贸易政策，表面上看对人施惠甚溥，实际上是借助别人之手来推销本国用不完的商品，并且这免出口税的鱼盐已经被额外加价，所以齐国在贸易中获得的利益更大。

　　为了使齐国在对外贸易中处于有利的位置，管仲根据不同情况采取了相应的商品价格政策。在一般情况下，他主张"天下高则高，天下下则下"，也就是说国内价格需与诸侯国价格水平相适应，对于鼓励输入

的商品物资，管仲采取了"天下下我高，天下轻我重"的办法，即提高价格的方法，使这些商品在本国的销售价格高于诸侯国，如粮食，"彼诸侯之谷十，使吾国谷二十，则诸侯谷归吾矣"。这样可以充分吸纳别国所产而为本国所需的物资。对于齐国内奖励出口、但不能垄断市场的商品，管仲则采取与上相反的方法："天下高而我下"，使这些商品的外销价格低于诸侯国同类商品的价格，以利对外倾销，与他国竞争。但是，对于齐国所特产、可以独步天下的商品，如鱼、盐等，管仲是不肯下其价的，而是唯我独高、独重了。

为了有效地控制经济的发展和商品流通，管仲还提出了著名的"轻重"理论和货币政策。《汉书·食货志》说："管仲相桓公，通轻重之权。"所谓"轻重"，简单说来，就是商品价格的贱与贵，或者是货币购买力的高和低。由"通轻重之权"，就是指由国家来干预或经营商业，掌握货币，通过商品与货币的交互收放，来平衡物价，调剂供求，"轻重聚敛以时"。管子的这种"轻重"理论，在实践中表现为根据物价的涨落，国家适时地吞吐物资，以平衡价格，防止私商囤积居奇，哄抬物价，影响人民生活。管仲主张在物多而贱时，即物"轻"时，进行收购；物稀而贵时，即物"重"时，进行抛售。这里的物，主要是指粮食。"五谷食米，民之司命也。"所以管仲采取了粮食价格由国家掌握控制的政策。在丰收年份，粮食增产，投入市场的数量增加，供过于求，价格就要降低。针对这一点，管仲所采取的措施，就是适当提高国家的购粮价格，以鼓励粮食生产。相反，在荒歉年份，粮食减产，上市量减少，价格就会猛增，对此，管仲所采取的措施就是由国家规定售粮价格，即低于市场价格，并以平价来供给廪食的平民，把过高的粮价平抑下来。管仲的

这种轻重聚散的经济管理方法，较前人是一个巨大的跃进和创新，对后世也产生了很大的影响，开创了一个管理市场的良好先例。

管仲还规定了国家铸造和管理货币的政策。《管子·国蓄》中记载管仲的话说："人君铸钱立币，民庶之通施。""黄金刀币，民之通施也。故善者执其通施。"其意为货币的铸造权应归属国家，并由官府控制好这个流通手段，不能分散在私人手中。为此，他专门设置"轻重九府"，"九府"即九种掌管财币之官，负责货币的铸造及流通、调剂物价等。

因各项措施均适合当时的实际情况，从此，齐国收入渐渐增多，日积月累，逐渐富裕强大起来。

★尊王攘夷，号令诸侯

在管仲的锐意改革下，齐国国力迅速增强，成为春秋前期的第一大国。称霸的基础已经奠定。

在争霸策略上，管仲为齐桓公定下"尊王攘夷"之策。所谓"尊王"，就是尊崇东周王室的权威。春秋前期，虽然周天子已经不能再像过去那样号令诸侯了，但名义上毕竟还是天下的共主和宗法上的大宗，影响还很大。齐国如想称霸诸侯，就必须打出维护周天子的威信和地位的招牌，才能去号召和联合诸侯。所谓"攘夷"，即驱逐夷、狄等少数民族的势力。

当时，周王室衰微，各诸侯国为争夺土地和人口，连年混战，相互兼并。北方和西方的戎狄趁机南下东进，南方的蛮族也试图北上，中原各诸侯国受到严重威胁。"尊王攘夷"，即尊奉周王室为天下共主，以抵御戎狄南蛮侵扰中原。

齐桓公对管仲的这个策略大加赞赏，认为是上上之策。这时，正值

宋国发生内乱。宋闵公因戏弄大将，被南宫万所杀。万立闵公的堂弟子游为国君。闵公的弟弟公子御说逃亡国外，后来宋人里应外合，杀了子游，让公子御说即位，他就是宋桓公。

管仲献计道："宋国新遭南宫万之乱，宋君地位未定。齐国可派使臣朝觐天子，请天子下达旨意，大会诸侯，立定宋君。"

恰巧此时，被冷落在洛阳一隅的周釐王即位。齐桓公及时遣使朝贺。齐国带头尊重周朝王室，承认他的天子地位，这让周釐王非常高兴，自然对齐的要求满口答应，他下诏召集诸侯以承认宋国新君，而直接承办者是齐桓公。

齐桓公约了宋、鲁、陈、蔡、卫、郑、曹、邾等国于公元前681年农历三月初一日到北杏开会（北杏在齐国西部，今山东东阿县附近）。但齐国此时威望尚浅，实际到北杏开会的只有齐、宋、陈、蔡、邾五国，鲁国根本不理齐桓公这一套。五国的君主订了一个盟约，规定今后要互相帮助，安定王室，抵御外族。但北杏之会还没有结束，宋国国君不愿受齐桓公的领导，偷偷地先跑回国去了。

齐桓公欲伐宋，管仲认为，伐鲁有其更重要的战略意义。于是，齐桓公以责问其不参加盟会为借口，亲率大军，直奔鲁国，很快就打下了鲁国边境的遂城。

鲁庄公害怕了，忙使人去齐国讲和。齐桓公答应退兵，同时约请鲁庄公到齐国柯地（在今山东省东阿县）会盟。正当两国国君在柯地歃血立盟之时，鲁庄公的随行人员、大将曹沫手持利剑，抢上前去，一把抓住齐桓公的衣袖，举起宝剑，厉声问道："齐国屡次欺负鲁国，抢走我国的汶阳之地，如果你们真心结盟，就应当先还我汶阳之地。"管仲挺

身而出，说："齐国可以和鲁国以汶水为界！"齐桓公性命危在旦夕，也表态同意，曹沫这才收起宝剑。两国国君歃血之后，齐桓公又与曹沫歃血。

事后，齐国众臣义愤填膺，要求齐桓公继续攻打鲁国，消灭鲁庄公，杀死曹沫。齐桓公也对柯地受辱很气恼，有心发兵。管仲极力劝谏，"做霸主首先要讲求信义，我们既然答应了人家，就要履行诺言，否则会因小失大。"

管仲的话提醒了齐桓公，他立即按约定，将汶阳之地交给了鲁国。这个消息一传出，很多诸侯都称赞起齐桓公来。宋国国君觉得不应该在北杏之会早退，派使臣到齐桓公那里认错，并带了一份礼物给周王，齐桓公就同意宋国加入盟约。这样，宋、鲁、陈、蔡、卫、曹、邾七国加入了以齐桓公为首的联盟。齐桓公逐渐成为中原各国实际上的盟主了。

联盟成立以后，齐国开始领导同盟国打击夷狄。燕国国都在蓟（今北京市），势力达到今辽宁省南部一带，是东周的最北方，经常受戎、狄族的侵扰。管仲认为，北方戎狄是中原大患，齐国如果能够将其治服，将会极大提高在诸侯中的威望。于是，齐桓公亲率大军北征，和燕军密切配合，打败了山戎。山戎的残余部队向东北方向逃去。齐桓公带军队追击，攻破令支国，缴获了大量马匹器杖和牛、羊、帐幕之类，救出了被掳的燕国子女。接着，齐桓公又一鼓作气，率大军翻山越岭，攻占孤竹国。管仲劝桓公将所占两国全部给予燕国，桓公采纳了他的意见。燕庄公对齐桓公非常感激。桓公率军撤离时，燕庄公送齐桓公一直送到国界边都没停下，直到进入齐国国境50多里，按西周诸侯相送不出境的规定，桓公又将这50里燕君所至之地送给燕国。燕国这次增加了方圆

550 里的土地，开始成为北方的大国。

桓公率大军回归至济水，鲁庄公在济水边设宴迎贺，桓公将缴获北戎之物的一半赠送给鲁国，鲁庄公非常感激。

后来，齐国又帮邢国、卫国等小国重建家园。

齐国这一系列救助危亡诸侯国又不贪求土地的行为，使各诸侯国心悦诚服，既畏惧齐国的威势，又感服齐国的德行。齐国从此威名益振。渤海沿岸的一些部族小国纷纷服从了齐国的统治。

战国时期改革的先行者李悝

★以公正之心荐才

李悝是由翟璜推荐才得到魏文侯重用的，两人因此关系特殊，而翟璜本人亦是一名非常优秀的人才。按常理，在魏文侯请李悝荐才时，李悝无论是从报答知遇之恩考虑，还是从有一个更强的政治盟友思索，都应推荐翟璜。

但李悝却出人意料地推荐了另一名竞争者魏成子。首先，这样做证明了李悝不结党，不营私，全心全意从魏国的政治需要考虑问题；其次，在魏文侯看来，李悝可能推荐对他有恩的翟璜，这就落入了俗套，超出魏文侯意料的答案给他以深刻的印象；最后，李悝举荐人才不唯亲，提升了自己在魏文侯心目中的地位，使他最终得到进一步的重用。

魏国攻灭中山国（今河北正定县东北），为了加强管理，魏文侯封太子击（即后来的魏武侯）为中山君。在翟璜推荐下，魏文侯也非常满意地命李悝出任中山国相国。到任后，李悝尽心尽力地辅佐太子，他走乡串户，了解民情，减轻徭役赋税，发展经济，健全法制，在较短时期

内，中山国就走上了百姓安居乐业、社会稳定的正轨。太子击见李悝把国家治理得井井有条，非常高兴，便把李悝作为老师和朋友看待，经常向他请教治国之道。李悝也不推辞，倾其所学帮助太子。不久，太子击在向父王汇报中山情况的报告中，着实把李悝大大夸奖了一番。

几年后，魏文侯派人把李悝召到宫中，想和他商量一件大事。魏文侯打算从翟璜和魏成子两人当中确定一人担任相国职务。由于两人都非常优秀，才干卓越，政绩突出，魏文侯一时拿不定主意，想起太子在报告中称赞李悝的种种言论，就想听听李悝的意见，让他帮忙出主意，李悝到魏都后，魏文侯让他坐下，把事情经过告诉了他，问道："请您告诉我，在他们两个人中，由谁担任相国最为合适呢？"李悝站起来推辞道："有道是地位卑下的人不应对地位尊贵的人说长道短，品头论足，关系疏远的人不便对关系亲近的人发表意见。论地位，我比他们二位低许多，论关系，我没有他们与您亲密。因此，不敢妄说。"

魏文侯见李悝有顾虑，再三恳切地说："我知道您博学多才，为人正直无私，今天是专门请您来商量此事的，您不必再谦让了。"李悝见魏文侯态度诚恳，这才说道："我在做子夏先生的学生时，先生曾讲过这样一个故事：一天，子贡向孔子请教道：'请问老师：在各诸侯国的大臣中，哪个最贤呢？'孔子不假思索地说：'齐国的鲍叔牙、郑国的子皮最贤。'子贡不解，追问道：'不对吧？齐国的管仲、郑国的子产才是最有名望的大臣呢！'孔子笑了，郑重地告诉子贡：'可是，我听说齐国的名相管仲是叔牙推荐的，郑国的重臣子产是子皮保举的。却没有听说管仲和子产向国君推荐过多少人啊！'子贡茅塞顿开，心领神会地说：'您的意思是说善于发现人才、全力推荐人才的人，才是最贤的？'孔

子意味深长地说：'不错。善于识别人才，是富有智慧的标志；虚心推重人才，是仁爱宽厚的表现；极力引荐人才，是利国利民的壮举。做到了这三点，还有什么样的人能够同他们相比呢？'很明显，先生讲这个故事的目的是要让我知道，只有全力推荐人才的人，才是最能干的。根据先生所教，我认为，看一个人的优劣高低，可从五个方面入手：看他平时亲近什么样的人；富裕时，看他接济什么人；显贵时，看他举荐什么人；困窘时，看他干不干非礼的事；贫贱时，看他拿不拿不义之财。"魏文侯听了，赞赏地点了点头，说道："谢谢您的指教！我心中有数了。"

告别魏文侯，李悝刚回到住处，翟璜就前来打听消息："听说今天国君向您询问相国的人选，最后定的是谁呢？"李悝坦率地说："看来是魏成子。"

翟璜一直认为相国职位非自己莫属，一听说是魏成子，不禁有些气恼，质问李悝："请问：我哪一点不如魏成子？西河郡（今陕西东部黄河两岸地区）的太守吴起是谁推荐的？是我；使邺城（今河北临漳县西南）获得大治的西门豹是谁推荐的？是我；讨伐中山国的乐羊是谁推荐的？是我；拿下中山国以后，没有合适的人辅佐太子，又是谁把你推荐给了国君？还是我；国君要给太子选择师傅又是谁推荐了赵苍唐？也是我。我所推荐的这些人，哪个没有为国家做出过重要的贡献？请问：我哪一点比不上魏成子？我又有哪一点对不起你了？"

听罢翟璜连珠炮似的质问，李悝并没有动怒，他理解翟璜的心情，也很感激翟璜的推荐之恩。他等翟璜平静下来后反问道："您把我推荐给国君，难道是为了让我在国君面前替你要更高的官职吗？"翟璜不以为然，说道："我是这样的人吗？"李悝也知道他不是这种人，为了让他心服口服，李悝耐心地解释道："今天，国君把我叫去，问我在您与魏成子中，谁当相国最称职？我并没有正面回答他的问题，只是请他从平时、富裕时、显贵时、困窘时、贫贱时五个方面去观察和比较就行了，国君也很赞同我的看法。因此，我知道国君会让魏成子任相国。"

翟璜仍不服气，说道："就是从这五个方面比较，我也不比魏成子差。"李悝了解翟璜，知道他心直口快，只要说清楚了，他也就明白了。于是，李悝又进一步表明自己的看法："依我看，您比他差得太多了！魏成子的食禄是 1000 钟，自己只享用 1/10，其余的 9/10 都用到为国家招聘人才上了。正因为这样，他才为国家赢得了子夏、田子方、段干木等高贤。对他们，国君把他们当成老师。尊敬他们，时常向他们求教，唯恐照顾不周。而您向国君推荐的那些人，包括我自己在内，国君是当成手下使用的。就凭这一点，您就比不上魏成子。"

翟璜不是一个毫不讲理的人，一明白事理，马上认错。他认为正如李悝所言，自己的确有不少方面比不上魏成子。他向李悝拜谢道："还是您的见解高明，都怨我平时孤陋寡闻，居功自傲，以至于错怪了您！"李悝也很佩服翟璜认错的勇气，两人自此成了好朋友。

★辅佐文侯，变法图强

李悝胸怀济世之才，得遇明君——魏文侯，是他改革成功的先决条件。由于李悝谦虚大度，善于团结同僚，减小了变法的阻力，使得变法得以顺利进行。而改革有序，先经济而后政治、军事的正确原则，是成功的重要因素。

李悝任相国后，准备对魏国进行全面改革。一天，魏文侯问李悝：

"我一心想使国家很快富强起来，也采取了一些措施，总觉得收效不大，您认为到底该怎么办才好呢？"李悝回答道："国家富强的路有千万条，但最根本的、首先要做的还是发展粮食生产。民以食为天，要让百姓吃饱，国家有余粮，就必须想法多打粮食。"魏文侯又问道："我正为这事焦急。如今人口增加了不少，可土地却没有增加，如何满足人们的衣食，如何提高产量，这些都是难以解决的问题，请问您有什么好的办法吗？"

李悝没有立即回答这些问题，而是谈起了自己微服私访的事："从国君您任命我当相国以来，我尽忠职守。为了了解民情，找到国家富强之法，我常常到民间私访，和百姓一起种地，一起耕田，听到不少议论。有的说徭役太重太急，弄得老百姓没有时间生产，有的说赋税太多，丰年都难维持温饱，更不用说荒年了。他们要求适当减轻徭役赋税，以便让他们有时间生产，能勉强维持生活。国君您看，他们要求不多，可我们却很少为他们着想。"停顿了一会儿，李悝转入正题，他为魏文侯算了笔账，"魏国的土地除山河、湖泊、荒原等以外，可耕种的土地有600多万亩。如果给种田人以适当的鼓励，让他们乐于耕种，把时间和精力投到土地上，精耕细作，每亩地至少可以增收3斗粮食，全国一季就可增产180万石。相反，如果挫伤了农民的积极性，每亩就不止减产3斗。就是以这个数字计算，全国每季就要少收180万石。一正一反，相差360万石，更不用说徭役太重违误农时导致的减产了。"魏文侯听了连连点头。

李悝最后说道："要使土地多产粮食，使国家富裕也并非难事，办法就是尽地力之效。这包括两个方面：其一，鼓励农民勤劳耕作，适当减轻徭役和赋税，给他们合适的利益，鼓励他们在原有土地上精耕细作，提高产量。再让他们开垦荒地，田间道旁的土地也利用起来，这样，土地的耕种面积还会扩大，增产粮食自然不在话下。其二，综合利用。鉴于我国粮食作物比较单一和歉收、缺粮的形势，我认为，一方面应引导农民根据不同的地势和土壤，选择不同的作物，将麦子、豆子、谷子等兼种、套种，充分利用地力；另外，能种瓜的种瓜，会栽桑的种桑，善植麻的种麻，真正做到人尽其才、地尽其力。"

魏文侯越听越有理，深表嘉许，果断决定让李悝全权负责国内的农业经济改革。李悝不负重托，立即着手起草文告，颁布国内各地，实行农业改革。为了增强改革实效，他经常亲率官员驱车奔行于各地农村，进行督导、检查。几年下来，国内粮食产量逐年递增，农民过上了比较安定的生活，国库的收入也大大提高。在改革过程中，李悝发现了一个问题，即粮食价格对农民生产积极性有很大影响。粮食多了，粮价太低，使农民的积极性逐渐消失。用粮的也不爱惜粮食，粮食产量又下降了。遇到荒年、饥年，粮价昂贵，一般百姓买不起，没有粮食吃，只得四处流浪。于是，李悝又奏请魏文侯，实行"平籴法"，即把丰年和饥年各分三等：丰年分大熟、中熟、小熟；饥年分大饥、中饥、小饥。按照年成好坏，确定应纳税额和农民自留粮的数额。丰年由国家平价收购，到荒年饥年时，再由国家平价卖出。这样，好年景粮食大丰收，也不会再出现粮贱伤农的情况；遇到水旱灾荒的年头，也不致粮价昂贵，百姓买不起粮食。由于国家平价收购卖出，市场上粮价一直稳定，百姓不饥不寒，生活安定，国家赋税收入也有了相应保证。

在李悝的操持下，魏国实行"尽地力之效"和"平籴法"长达10年之久，魏国人民果然日益富裕。老百姓纷纷称赞魏文侯用人有方，称

李悝是位好"管家"。

在实行经济改革的同时，李悝为了招徕四方人才，又大刀阔斧地进行政治改革。针对世袭禄位制度的种种弊端，李悝干脆废除了这种制度，推行"食有劳，禄有力，使有能，赏必行，罪必当"等一系列措施，按功劳大小，对国家贡献多少授予职位和爵禄。具体规定："不论贵族还是平民，只要有治国安邦的才能，都可以在朝廷做官，领到应得的俸禄；不论什么人，一律按照功劳大小安排职务；官员各司其职，有功者赏，有罪者罚，不准徇私；凡无功而又作威作福者，即使是贵族也必须取消其爵位和俸禄。"由于执行了公允、平等和奖惩分明的原则，李悝的政治改革获得了巨大成功，不仅提高了国家机构的办事效率和人员素质，还大量吸纳了各方人才，调动了举国上下励精图治的积极性。

李悝并不就此止步，为了保证改革的顺利进行和维护改革成果，又在法律领域大展拳脚。他根据魏国的具体情况，参照以往的律令，吸收各国法令中可取的部分，制定了一部新法典，即《法经》。这是我国第一部比较完整的成文法典。其内容分《盗法》、《贼法》、《囚法》、《捕法》、《杂法》、《具法》六部分。头两篇是《盗法》和《贼法》，分别对"盗"、"贼"的含义作了具体规定；《囚法》和《捕法》具体规定了惩治"盗"、"贼"的各种办法；《杂法》是关于盗取兵符、官印以及贪污等违法行为的惩治规定；《具法》是对量刑轻重的诸项规定。这部法典颁布实施后，对维护国家秩序起了重要作用。后来，这部《法经》被李悝的学生商鞅带到秦国，对秦国变法产生了重大影响。由于这部法典充分反映和代表了统治阶级的意志，从而成为后来历代封建统治者奉行的法典蓝本。

李悝深知，一个国家要富强，在各国中生存发展甚至称霸，仅发展经济、改良政治是不够的，还必须建立一支强大的军队。眼见魏国军力不强、将士素质不高，李悝想进行改革，但自己在这方面并不在行，怎么办呢？李悝忽然眼睛一亮，何不请吴起帮忙呢？这位卫国出生的年轻人有雄才大略，尤其擅长打仗。记得当年他来魏国时，自己还曾助他一臂之力。当时，魏文侯问自己吴起如何，自己极力推荐道："吴起这个人虽然贪名好色，但在用兵方面，即使大军事家司马穰苴也比不上他。"魏文侯遂用他为大将，派他攻打秦国。吴起不负众望，很快就攻下了 5 座城市。由于战功卓著，吴起后来又经翟璜推荐担任了西河太守。想到这里，李悝不禁笑了。于是，他派人找来吴起，共商军事改革的大事。在吴起的帮助下，李悝的军事改革又在魏国拉开了帷幕。

李悝的军事改革，除注重改善官兵关系外，其目的就是建立一支能征善战的常备军。为此，李悝对军士制定了严格的挑选标准：身穿三甲（上身甲、股甲、胫甲），肩负 12 石之弓，带 50 支箭，扛长矛、头戴盔甲，佩剑，备 3 天的粮食，半天行走 100 里。一旦选中，待遇也非常优厚，免除全家徭役，奖给田宅。这对于调动将士的战斗积极性起了重大作用。短短几年内，魏军战斗力大大增强，各国一时不敢与之争锋。

强一国而害一身的商鞅

★变法未启，舆论先行

商鞅变法之所以效益显著，影响深远，就是因为准备充分，计划周密，贯彻有力。事前广泛的舆论准备起到了重要作用。

为使变法顺利进行，商鞅进行了广泛的思想舆论准备。

当时，在秦国大张旗鼓进行改革并非易事。守旧势力相当强大，他们唯恐变法损害自己的既得利益，极力反对变法。秦孝公对自上而下的变法能否行得通也有所顾虑，决定就变法问题进行辩论。以商鞅为代表的变法派同以甘龙、杜挚为代表的反对派，展开了激烈的争论。

商鞅认为："行动犹豫不决，就不会有成就；办事疑神疑鬼，就不会有效率。有非凡作为的人，本来就会受到世俗的非难；有独到见解的人，一定会受到人们的诽谤。愚蠢的人，对已经发生的事情还不能理解；聪明的人，却能事先发现苗头。所以，只要能使国家富强，就不必沿用旧制；只要有利于百姓，就不必遵守陈规。"商鞅再三强调治理国家要从实际出发，要锐意改革，不要因循守旧。

大臣甘龙反对说："非也，圣人教民，不改变他们的旧俗；智者治国，不改变旧制。按老办法治国，官吏熟悉，百姓也安心。"

商鞅驳斥道："三代不同礼制，但都称王；五霸实行不同的法制，但都称霸。智者立法，愚者只知道受法的限制；贤者敢于更变礼制，不肖之徒只会拘泥于礼法。守旧者是不配讨论改革的。"

大臣杜挚见甘龙无言以对，跳出来叫道："学习古法，不会有过错；循着旧礼去做，不会走邪道。"

商鞅轻蔑地看了他一眼，说道："治理国家没有一成不变的办法，只要有利于国家，就不必按古法办事。商汤、周武王不是因为照古法办事而成王；夏桀、殷纣也不是因为改变礼制而亡国。"

经过辩论，秦孝公的顾虑完全消除了，他说："商鞅说得对，魏国强大，就是因为有李悝和吴起改革。从现在开始，秦国也走改革的路子。变法的事，全由他主持办理。谁违抗了他，就是违抗了我！"这样，变法便作为治国方针正式确定下来。他任命商鞅为左庶长，领导变法。

统一统治集团内部意见后，商鞅还希望国民了解朝廷变法的决心，使他们都知道国家更改旧章，实行新制是有令必行，说到做到的。那么，欲达此目的，应如何做呢？商鞅左思右想，终于想出了一个取信于民的好办法。

在新法公布之前，商鞅为了树立赏罚有信的形象，派人在国都的南门竖起一根三丈长的木杆，并在旁边挂了一幅布告："谁能把这根木杆扛到北门口，赏予十金。"消息传开，来看热闹的人越围越多，大家都窃窃私语，疑惑不解，不大相信谁扛木杆后就真会得到奖金，因此没有一个人动手扛。隔了一个晌午，木杆还是矗立在南门口。后来，布告上的"赏予十金"又改成了"赏予五十金"。大家更觉奇怪了，终于人从

中走出一个大汉，抱着试探的心理，把木杆扛到了北门口。守门的官吏果然赏给了他五十金。这件事，很快在秦国传开了，大家都知道商鞅执法如山，说一不二。

通过这些活动，秦国上下都对变法有了进一步的了解。为商鞅变法的实施打下了思想基础。

★奖励耕织，军功授爵

商鞅把农战政策看做是实现国富兵强的唯一政策。在当时列国争霸的局面下，这是符合实际情况的。

公元前356年，商鞅正式开始变法。

为了发展农业生产，新法规定："生产粮食、布帛产量高于一般者，免除劳役和赋税，经营工商业或游手好闲而贫穷的人，则全家罚作官奴。"鼓励其他诸侯国的流民到秦国开荒，拨给土地、房宅，三代免除劳役和兵役，只缴纳粮草。为了刺激生产，最大限度发挥劳动力的作用，还规定兄弟成年必须分家，各立门户，否则罚缴双倍赋税。

为了提高秦军的战斗力，商鞅否定世卿世禄制度，建立新的军功爵禄制度。新法规定：凡是没有为国家建立军功的旧贵族，不能列入宗室贵族的属籍，不得继续享受贵族特权，不得无功受禄。还规定重赏军功之士，"军功的大小，不论出身，以在前线斩杀敌人的多少来计算，官爵按军功大小授给。斩敌人甲士首级一颗的赏给爵一级，田一顷，宅九亩，庶子一人。杀敌越多，赏赐越厚。"商鞅还根据"劳大者其禄厚，劳多者其爵尊"的原则，建立了一套新的军功爵制，军功爵位共有二十级，最低的一级为"公士"，最高的一级为"彻侯"。根据爵位高低授予种种封

建特权，包括占有耕地、住宅、服劳役的"庶子"、臣妾、衣服、车马以及相应的官职等等，如"斩五甲首而隶五家"，也就是说，杀死五个敌方甲士的就可以役使五家；将领若立功，除赏赐大量田宅外，还给予封邑。

赐爵制在战国已普遍实行，但集大成者是商鞅变法后实行的"二十等爵制"。商鞅的军功爵制，使"有功者显荣，无功者虽富无所芬华"，人的政治地位、官职要由军功来决定，这对旧贵族无疑是个沉重打击。按照军功赐田赏爵选官的办法，激发了士兵的攻战热情，同时也出现了大批的军功官吏和地主，并在此基础上建立起一种新的等级制度和官僚制度。在商鞅的军功爵制下，官与爵基本一致，两者紧密联系在一起。

★废除井田，土地私有

商鞅变法是一场深刻的社会变革，具有划时代的历史意义，他废井田、开阡陌，推行一家一户的个体经济，从而在经济领域实现了封建制取代奴隶制的根本变革，有力地促进了秦国封建经济的长足发展，使秦国很快成为富强的封建国家。

农民的土地问题，是历朝历代统治者所面临的头等大事。解决得好，则国泰民安；解决不好，则有可能激起民变。商鞅采用授田制，使作为生产者的农民私人占有国家重新分配的土地，这使农民对国家更加忠诚，也使农民从自身的经济利益出发，为国家创造出更多的财富。封建社会的生产关系也逐步建立起来。

秦国在商鞅变法前，井田制已经开始瓦解，公元前 408 年，秦简公实行"初税禾"，即根据土地面积征收租税。献公即位后，又进行一系列改革，加速了秦国封建化进程。

　　商鞅为了强国利民，在上述改革的基础上，在秦国进行了比较彻底的封建制的改革。他以法令的形式，宣布"为田开阡陌封疆，而赋税平"，彻底废除井田制，具体做法是：把原来井田制下大田和份地间的田界即"阡陌封疆"统统破除，土地收归国有，国家政府再按一夫百亩的标准将土地授予农民；授定之后，重新设置田界，不许私自移动。当然，一夫百亩是国家制定征税数量的标准田亩，由于不同地区的土地质量差别很大，为了使财力均平，政府在分配土地时，对恶田者则加倍或再倍授予，由土地数量调节土地质量所导致的产量差别。

　　商鞅的"开阡陌封疆"，宣布旧的田界一概作废无效，从根本上剥夺了奴隶主的土地所有权。土地收归国有，由国家根据新的办法来重新分配土地，授予农民。其意义不仅在于铲除了井田制的旧形式，本质问题是，它标志着旧的经济基础和与之相应的生产关系的全面崩溃，封建制度的经济基础和与之相应的新的生产关系在法律上的正式确认。在授田制下，土地所有权属于国家，受田者只有占有权、使用权，而无所有权。但是由于授田基本上是一次性的，各家受田后不再定期重新分配，而且国家只授不还，耕者对土地有终身的世袭的占有权，要以父子相传，这实际上是土地私人长期占有。就土地制度的发展规律来看，土地一旦为私人长期占有，其结果必然导致土地私有。因此，商鞅的授田制最终发展趋势是土地私有化。秦始皇统一全国后，"令黔首自实田"，宣告了商鞅制定的授田制的结束。

　　同时，商鞅"制土分民"，实行授田制，将土地一份一份地分给受田农民，这样，原来的国人、野人的政治、经济差别已不复存在，他们统统成为编户齐民，成为依附于国家的授田农民；他们原本为奴隶主提供的力役或实物，现在转而提供给封建国家了。因此，从这个意义上说，商鞅"坏井田"，实行授田制，促使了农民阶级的形成。

商鞅的"开阡陌封疆"适应了当时生产力发展的要求。井田制是以宽一步、长百步为亩，使用耒耜耕作。但到商鞅时代，牛耕或人力拉犁的做法日渐推广，而且用铁犁耕地，不像耒耜那样向后退着挖地，而是向前进着翻地，且又快又省力，这样，原来的百步为亩就不能适应当时的生产发展了。商鞅变法，破除原来的百步为亩的旧阡陌，重新开拓为160步的大亩，建立新的田界系统、新的阡陌，这无疑十分便于犁耕，便于生产。

商鞅的"为田开阡陌封疆"是与"赋税平"相应的。国家授田时，以官方亩产量为基数，定出税收额，不管年景好坏、耕与不耕、收与不收，都要以百亩计如数交纳。据《秦律·田律》可知，农民于交纳粮食作为主要的地税的同时，还要交种稿之税，还要征收口赋。按照授田数量（一顷，即100亩），收刍三石（1石约为60公斤）、稿二石。《秦律》虽写于商鞅之后，但与商鞅之法有历史的继承性，土地国有制下的授田制及其地租形态基本上是沿袭商鞅时期的。这种税收有调动劳动者的生产积极性、督促农民耕作、不使其荒废土地的积极意义。

★铁血护法，镇压不从

改革是革故鼎新，新旧势力之间的反复较量是必不可免的，只有满怀必胜信心和具有献身精神的勇士，才能不畏艰险，不怕牺牲，夺取最后的胜利。

商鞅为使变法成功，采取高压手段对待反对变法之人。但他排斥异己是为公而不是为私，是为了变法大业而非为了个人谋利。宁毁自己一

人而成就秦国之强盛，从这一点上来看，商鞅是一个"身无二虑，尽公不顾私"，为了事业而能奉献一切的人。我们敬佩他一心为公的职业道德，我们惊叹他不屈不挠的斗争精神，我们也惋惜他最终功成身死的悲惨结局。商鞅为事业而无所顾忌，最终，虽个人难逃厄运，但他的思想魅力和强秦之功却对中华大地产生深远影响。

为了改革成功，商鞅不顾个人安危，与反对派进行了不懈斗争。

变法之初，仅首都反对变法的人就达数千，太子犯法更是最高层次的最有威胁性的犯罪。太子驷有两个老师，一个叫公子虔，一个叫公孙贾，这两个人也是贵族。由于商鞅的变法自然也触及他们的利益，这两人对此早已耿耿于怀。"小不忍则乱大谋"，便把希望寄托在太子身上，天天在太子面前说商鞅的坏话。特别是说到商鞅大权在握，正在收买民心、图谋不轨时，太子感到自己将来的国君地位受到了威胁。在两位老师的怂恿下，经过深思熟虑，太子把所见所闻归纳了一遍，于公元前354年在秦孝公面前狠狠地告了商鞅一状。于是，太子出面攻击新法，要求秦孝公处置商鞅，顿时，在朝廷引起大哗。秦孝公听了太子的批评后，十分恼火，把儿子训斥了一顿，然后交给商鞅依法处治。

大良造府，灯火通明。商鞅时而在案几前踱步，时而伏案深思：太子犯法，按法律应当腰斩。可是，太子是储君，是未来的大王。哪有臣下治大王罪的道理。可是，如果这次不处理，将来谁都攻击新法，非但朝廷的威信会一落千丈，新法也有夭折的危险。商鞅明白，这是对能否坚持变法、在人民中树立威信的严峻考验！如果"王子犯法"不能"与民同罪"，那谈何变法？谈何威信？更谈何富国强兵、成就霸业？思来想去，商鞅决定执行法令。但考虑到犯法者身为太子，是国君的继承人，不能负法律责任，所以下令将公子虔处以杖刑，公孙贾黥面，以示天下。这虽然并未做到王子犯法与庶民同罪，但至少打破了奴隶制时代的那种"刑不上大夫"的旧礼制，受到百姓的称赞，使新法在秦国得到普遍推行，人人遵法守纪，甚至"妇人婴儿皆言商君之法"。可见变法之彻底和深入人心。后来，公子虔又一次犯法，商鞅毫不留情地依法割掉了他的鼻子。

为了使变法能得到切实地贯彻，商鞅严刑峻法："步过六尺者有罚，弃灰于道者被刑"。一次在渭河边就处决囚犯700余人，"渭水尽赤"，这虽然是激烈的高压政策，但也正是商鞅毫无顾忌地表现。

一次，有个名叫赵良的贵族来见商鞅，商鞅问他："您看我治秦国，与百里奚相比怎样？"赵良说："恕我直言。五段大夫（百里奚）原是楚国的普通人，秦穆公提拔他任显职，秦国没有人能比得上他。他任秦相六七年，三度帮助晋国立君，一次救助楚国。在任相期间，他出门不坐车，天热也不张篷遮凉。他在城内巡视时，后面没有随从车辆，也没有人带着兵器保护。他去世时，秦国男女老少无不痛哭流涕，孩子停止唱歌，舂米的不哼歌谣。现在您出任相国，施行法令，凌辱宗室，伤害百姓。公子虔因太子犯法受刑，闭门不出已有八年。您又杀了祝懂，刺了公孙贾的面。您每次出门一大串卫队在后面压阵，雄壮武士在左右保卫。侍卫人员全副武装，箭在弦，刀出鞘，如临大敌。《书经》上说：'恃德者昌，恃力者亡。'您不是以德行治国，您的处境危如朝露，霎时就会化为乌有。一旦秦王去世，秦国要想害你的，恐怕不是少数人啊！"赵良的这段话显然是站在反改革的宗室贵戚立场上说的，的确也反映了商鞅的危险处境，但商鞅并未理会，而是义无反顾地继续变法。正是这种不妥协、大无畏的斗争精神使改革克服重重阻力得以顺利进行。

第三章

历史上铁腕权臣这些事儿

君强臣弱，君弱臣强，这是不断演绎的活生生的历史剧。在历史的各个时期，都不时地出现过不同面目、特点的铁腕权臣，充当着这些历史剧的主角。他们大多嗜权如命，只手遮天，拥有谋国与谋家的高超智慧。其中正者自正，邪者自邪，历史已经对他们做出了公允的评判。

"挟天子以令诸侯"的曹操

★挟天子之威以令诸侯

古往今来，许多成大事者都懂得"借一种旗号"来号令天下。众人皆知的春秋首霸主齐桓公就是通过"尊王攘夷"的做法而获得政治上、军事上的主动权。曹操的"挟天子以令诸侯"可以说是运用这一谋略的经典。

汉献帝从永汉元年当皇帝的第一天起，就是一个傀儡，先后为董卓、王允、李催和郭汜等挟持。但献帝毕竟是名义上的共主，凉州军阀虽无政治头脑，还是知道挟持献帝，利用其名义。因此，兴平二年，李催和郭汜内讧，杨奉、董承等劫持献帝东逃时，李、郭又联合起来紧紧追夺。12月，献帝在杨奉等拥持下到达陕县（今属河南），在河东军阀韩暹等接应下连夜渡过黄河，驻跸大阳（山西平陆东北）。这时公卿大臣已大都死亡流散，跟随而来的仅数十人。献帝居住在无门的棘篱民屋中，公卿朝会，士兵们伏在篱笆上嬉笑打闹。将领们专横跋扈，随意鞭打或杀戮尚书，往往自带酒菜，找献帝嬉乐。皇帝尊严丧失殆尽。该年

蝗虫大起，加上大旱，颗粒无收。迫于饥荒，这批人不得不渡河南下，赖屯驻野王（河南沁阳）的另一军阀张杨接济了一些粮食，才于建安元年回到了洛阳。此时的洛阳，已是一片焦土，宫室烧尽，荆棘满道，官员们只能在断垣残壁间搭起帐篷办公。饥饿如影随形，始终紧紧追逼着他们。尚书郎以下的官员都得自出采挖野菜草根充饥，有的饿死于颓垣断壁之侧。

两汉以来，忠君思想已经形成，士大夫中有不少人为献帝的处境痛心疾首，盼献帝东归。早在曹操初得兖州时，谋士毛玠就建议"奉天子以令诸侯"。曹操并无忠于汉室之心，但深知个中利弊，因为力量薄弱，兖州长安，关山遥遥，所以只是派遣使者虚致殷勤而已。献帝回转洛阳途中，荀彧立刻建议迎献帝都许（河南许昌）。告诫曹操，若不及早下手，他人捷足先登，就悔之晚矣。荀彧并非虚声恫吓，当献帝还在关中时，幽州牧刘虞就想派兵迎接。由于公孙瓒和袁术的破坏，没有成功。献帝辗转河东，田丰和沮授相继劝告袁绍把献帝接到邺城来，但袁绍过去反对过册立献帝，企图拥立刘虞，更顾忌献帝来后，碍于君臣名义，就得事事奏请，处处受制；许多谋士武将也竭力反对，没有接受。曹操属下也颇多争议，武将们反对尤烈。荀彧指出，奉迎献帝至少有三大好处：一、可以顺应民心。二、可以招致大批人才。三、可以名正言顺地发号施令，讨伐异己。程昱也竭力赞成。曹操乃于建安元年遣曹洪西迎，遭董承和袁术部将苌奴的阻击，未成。7月，献帝到洛阳，曹操亲自出动。议郎董昭利用韩暹、杨奉、董承和张杨间的矛盾，假借曹操名义，致书兵力最强的杨奉，诱以接济粮草、生死与共的好处，劝杨奉不要阻挠。杨奉上当，曹操顺利进入洛阳，借口洛阳残破，立刻把献帝接到了

许昌。自此，献帝成了曹操的傀儡，曹操取得了挟天子以令诸侯的强大政治优势。

★实行"唯才是举"的用人策略

如果说，曹操在创业之初，地位未显时，多用招降纳叛等手段网罗人才，那么，在他有了显赫地位之后，便凭借手中的权力，公开树起了不拘微贱，不看身世，只要有才便吸收录用的原则。由于曹操求贤若渴，"唯才是举"，从而吸引了大批有志之士从四面八方投奔曹操，造成了曹魏政权鼎盛时雄兵百万，战将千员的局面。正是他有雄厚的人才阵营，才能在19年的时间内，将长江以北的混乱局面扭转过来，实现了中国大半个版图的统一。

更难能可贵的是曹操创行"九品中正制"，把"唯才是举"的用人路线制度化，从而使魏晋以后的政治面貌为之一新，对曹操至隋唐的官僚制度，乃至官宦、士子心态都产生了重大而深刻的影响。

拥有人才的协助，对事业兴亡至关重要。东汉末年，逐鹿中原的不乏其人，为何只存下三国，而其他人都被消灭了？缺乏人才助力是个重要的原因。

东汉时期，最初选拔官吏的主要标准是德行与才干，由州、郡以茂才、孝廉的名义向朝廷推荐官吏候选人，由朝廷考核后予以任用。但到东汉后期，朝政腐败，贿赂成风，而士大夫中又崇尚虚名，讲究门第，使得有意仕进者不是依靠行贿钻营，就是想法沽名钓誉，以致推荐上来的人大多没有真才实学，而且并无德行。因此，当时民间流传说："举秀才，不知书；察孝廉，父别居；寒素清白浊如泥，高第良将怯如鸡。"这种现象一直到汉献帝建安（公元 196～220 年）初曹操当政后才开始得以改变。

　　曹操祖父曹腾是汉末著名的宦官首领之一，权倾一时。父亲曹嵩是曹腾的养子，曾任司隶校尉、大司农、大鸿胪、太尉等要职。由于曹操出身宦官之家，尽管父亲身居高位，本人也才智过人，但在社会上仍受到许多人的鄙视。他从自身经历及当时的社会政治情况中认识到东汉选举制度的弊端，为在争夺天下的斗争中能将有用之才都招揽到自己周围，他对东汉选拔官吏的标准进行改革，曾连续下达三道求贤令，对社会传统观念进行强烈冲击。

　　汉献帝建安十五年（公元 210 年）春，曹操下达第一道《求贤令》，在这道命令中明确提出了"唯才是举"的口号，不仅为了改变东汉后期选举制度的弊病，而且是为矫正自己政权中前一阶段在选拔官员标准上的偏差。曹操在统掌朝政大权后，委任崔琰、毛玠主持官吏的选拔与任用，崔琰与毛玠以清廉正直著称，"其所举用，皆清正之士，虽于时有盛名而行不由本者，终莫得进。务以俭率人，由是天下之人莫不以廉节自励"。朝廷之中，廉俭之风大行，贪秽浮华之人都被贬退。但他们过于看重廉洁俭朴，从而使许多官员矫情作伪，假意旧衣破车，以求升迁。同时，用这单一标准来进行选拔，就会将一些确有才干的人排除在外。因此，当有人向曹操提出这一问题后，曹操就下达这道命令，特别指出"今天下尚未定，此特求贤之急时也。"并以齐桓公任用管仲而成为春秋时期五霸之首的事例，说明选拔官吏的首要条件是才干，只要确有才干，无论他是地位低下还是有某一方面的缺陷，都要推荐上来。

　　建安十九年，刘备入据益州，三国鼎立的局势已基本形成，曹操并未因自己占据中原，在政治、经济上都有明显优势而稍有松懈，仍以招揽贤才作为首要任务，在这年的 12 月下达《敕有司取士勿废偏短令》：

> 夫有行之人，未必能进取，进取之人，未必能有行也。陈平岂笃行，苏秦岂守信邪？而陈平定汉家业，苏秦济弱燕。由此言之，士有偏短，庸可废乎！有司明思此义，则士无遗滞，官无废业矣。

曹操在这道命令中明确指出德行与才干并不是统一的，而且再次提到上次《求贤令》中已谈到的"盗嫂受金"的陈平，认为陈平虽然品行不正，但他辅佐刘邦建立汉朝的基业，功不可没。因此，曹操申令有关部门不能求全责备，不要埋没那些有缺点的贤才。在看到曹操求贤是扩大自己统治力量的同时，也应看到这是他削弱并控制反对力量的方法，将那些有才干的人用官爵羁縻在朝廷中，就可减少反对自己的隐患。这比单纯用打击的方法来消灭敌对势力，显然要高出一筹。

建安二十二年，曹操已是 63 岁，在前一年已被晋爵为魏王，这年四月，献帝又命曹操"设天子旌旗，出入称警跸"。但他志在统一天下，连年出师征讨，同时，也更迫切的需求贤才，于这年 8 月，下达《举贤勿拘品行令》：

> 昔伊挚、傅说出于贱人，管仲，桓公贼也，皆用之以兴。萧何、曹参，县吏也，韩信、陈平负污辱之名，有见笑之耻，卒能成就王业，声著千载。吴起贪将，杀妻自信，散金求官，母死不归，然在魏，秦人不敢东向，在楚，则三晋不敢南谋。今天下得无有至德之人放在民间？及果勇不顾，临敌力战；若文欲之吏，高才异质，或堪为将守；负污牛之名，见笑之

行，或不仁不孝，而有治国用兵之术；其各举所知，勿有所遗。

曹操在这道命令中再次重申自己"唯才是举"的方针，并指出无论是伊挚、傅说那样出身贫贱之人，管仲那样的旧敌，萧何、曹参那样的小吏，韩信、陈平那样身遭污辱并受人耻笑的人，甚至像吴起那样不仁不孝的人，只要有治国用兵的才干，就要加以任用。充分表现出他的雍容大度以及不拘一格，求贤若渴的心情，同时，也反映出他与东汉时期用人传统的完全决裂。

曹操不仅用命令形式提出"唯才是举"的方针，实践中也确实贯彻了这一方针。他不仅任用荀彧、荀攸、钟繇、陈群、司马懿、何夔而等大族名士，也同样信任有"负俗之讥"的郭嘉、简傲少文的杜畿等人。而且曹操能以大业为重，不念旧恶，如张绣在归降后又起兵突袭，杀死曹操的长子曹昂、侄子曹安民以及爱将典韦，但以后张绣来降时，曹操捐弃前嫌，对他的宠遇优于诸将。陈琳曾为袁绍撰写檄文，痛斥曹操的罪行，并辱及曹操的父亲和祖父，可陈琳归降后，曹操爱惜他的文才，不仅未加惩处，还委派他掌管文书往来。史称曹操"知人善察，难眩以伪，拔于禁、乐进于行阵之间，取张辽、徐晃于亡虏之内，皆佐命立功，死为名将；其余拔出细微，登为牧守者，不可胜数。"

曹操晚年，为了使"唯才是举"的用人路线制度化，便采纳尚书陈群的建议，创行九品中正制，规定：在州设大中正（都中正），在郡县设小中正，中正官由贤德之人担任，负责品评举荐本地区的人才，并将所辖之域的士人，无论仕否，悉论才德或政绩具列品状，然后呈送朝廷吏部，按所定品格高下任命相应官职。九品中正制在最初实行时，由

于不分世族高下尊卑，以"唯才是举"为原则，能够从毫末之中发现并启用一批人才，因此对于刷新曹魏政治，扭转汉世的恶风陋习，起到了积极的作用。曹魏时期，士子们对此甚有好评："其始选也，乡邑清议，不拘爵位，褒贬所加，足为劝励，犹有乡论余风。"曹操死后，九品中正制仍得到切实贯彻，并为晋朝所承袭。九品中正制成为魏晋之际基本的政治制度之一。另外，曹操还广开言路，采纳部下的正确意见。建安十一年，他下《求言令》，要求丞相府及州郡属官，"常以月朔各进得失，纸书函封"。由于曹操在政治上重视选拔人才，当时各地远道而来投奔的人很多，在他的周围，形成"猛将如云，谋臣如雨"的盛况。

善于揽权、用权的大学士张居正

★创行考成，核吏安民

张居正的改革是从上层发动的改良运动，这首先要求集权上层，做到事权统一，如果没有强有力的集权措施，加强朝廷对各级机构的控制，改革就是一纸空文。张居正为提高朝廷和诏令的权威，用考成法集权于内阁，加强了中央政府的权力，使改革得到强有力的组织保障。

明朝隆庆六年（公元 1572 年）至万历十年（公元 1582 年）张居正任内阁首辅，神宗年幼，国事由他主持，前后当国 10 年，当时，军政败坏，财政破产，农民起义此起彼伏，危机严重，张居正则"以貌然之躯，横当天下之变"，坚毅地进行社会改革。为了确保自己的一系列变法改革措施得以实施，张居正首先从吏治改革下手。

至明代中叶，吏治腐败达到极点，特别是严嵩当政的嘉靖期间，贿赂公行，朋党成群，事无统纪，上下务为姑息。官僚机构也十分庞杂，嘉靖时给事中刘体乾曾指出："今之害最大者有二，冗官冗费是也。历代官制，汉七千五百员，唐万八千员，宋极冗至三万四千员。本朝自成化五年武职已愈八万，合文职盖十万余……岁增月益，不可悉举。"张居正对这种腐败混乱的状况也有过激烈的抨击，他指出：在朝廷命官中，"主钱谷者不对出纳之数；司刑名者，未谙律例之文"，致使官员良莠不分，"牛骥以并驾而俱废，工拙以混吹而莫辨"。而且，他认为各政府部门和官吏的办事效能也十分低下，对"朝廷诏旨多废格不行，抄到各部，概从停搁。或已题奉钦依，一切视为故纸，禁之不止，令之不从。至于应勘应拨，奉旨行下者，各地方官尤属迟慢，有查勘一事而十数年不完者"。因此，他认为嘉、隆年间政局混乱，其症结在于吏治腐败，官僚们或"虚声窃誉"，或"巧宦取容"，或"爱恶交攻"，甚至明中叶以后的农民起义也是由于"吏不恤民，驱民为盗所致"。

针对这种腐败混乱的局面，张居正以惊人的胆识进行了一场整顿吏治，严肃法纪的改革。张居正出任内阁首辅后，针对空议盛行、不务实事的风气，制定并颁布了对各级官吏的考成法。这是击中时弊的一大改革。这一改革虽说是在遵循"祖宗成宪"的旗帜下进行的，但它却完全冲破"祖宗成宪"的罗网，创立了一整套由内阁掌握实权的统治体系，为推行各项改革铺平了道路。考成法的内容最主要的是两条：一条是六部和都察院把所属官员应办的事情酌量道里远近、事情缓急，规定完成期限，并分别登记在三个账簿上，一本由部、院留做底册，一本送六科，一本奉呈内阁，另一条是六部和都察院按照账簿登记，对所属官员承办的每件事情，逐月进行检查，完成一件，注销一件，如若没有按期完成，必须如实申报，否则，以违制罪论处。六科亦根据账簿登记，稽查六部的执行情况，每半年上报一次，并对违限事例进行议处；内阁同样亦根据账簿登记，对六科的稽查工作进行检查，并对欺隐事例进行惩处。这

样，月有考，岁有稽，内阁总其成。内阁遂成为政治中枢。张居正通过推行考成法，以内阁来控制六科，又以六科来控制部、院，再以部、院来控制抚、按等地方长官，借以指挥整个官僚机构的运转。这就是张居正之所以能使朝廷诏令朝下而夕奉行的组织保证。张居正当权期间所推行的各项改革，都是通过这个组织系统稽查和贯彻的。张居正创行的考成法是对明代吏制的重大改革。因为，考成法关于由内阁稽查六科的规定，极大地改变了明代的吏制。按明制，内阁与六科并无隶属关系，是无权稽查六科的。六科是直接对皇帝负责的，就是都察院亦不得干预六科的活动。然而考成法却规定，由内阁来稽查六科，显然是对明代吏制的重大变革。不仅如此，张居正创行考成法的根本目的是要实行内阁集权。这更是对明代"祖宗旧制"的根本变革。明太祖朱元璋废中书省和丞相制后，使皇权与相权合而为一，形成了皇帝独断专制的格局，而张居正创行的考成法，使内阁首辅俨然成了事实上的当朝宰相。实际上，从万历元年至万历十年间张居正当权的历史，正是一部"内阁集权，首辅执政"的历史。

张居正以推行考成法为中心，信赏必罚，刷新吏治，给腐朽的官场吹进了一股改革的清风。张居正依据立限考成的三本账，严格地控制着从中央到地方的各级官员。他果断地把那些秉公办事、实心为民的官员列为上考，把那些靠花言巧语骗取信任的官员列为下考。这样便把整顿吏治和惠及生民有机地联系了起来，既稳定了社会秩序，又提高了行政效率。通过立限考成，每个官员都有明确的职守，对那些冗官，尽行裁革。他当政期间裁革的冗官约占官吏总数的十分之二三，其中南京官员裁革尤多，与此同时，又广泛搜罗人才。对那些拥护改革、政绩突出的官员，不拘出身和资历，大胆起用，委以重任，在整顿吏治过程中，张居正针对法纪废弛、君令无威的状况，又以伸张法纪为中心进行整顿。他把不法权贵看成破坏法纪、祸国殃民的大患，坚决予以打击。黔国公沐朝弼，为非作歹，多次犯法，本应依法制裁，但朝中无人敢问。张居正不畏权势，挺身而出，伸张法纪，改立朝弼的儿子袭爵，把朝弼本人捆缚到南京，幽禁至死，一时"人以为快"。最有权势的太监冯保的侄子冯邦宁，凭借其叔父的权势，横行不法，醉打衙卒，触犯刑律。张居正一面派人向冯保说明情况，一面将冯邦宁杖打四十，革职待罪。由于他雷厉风行地伸张法纪，有力地抑制了强宗豪民的违法活动。

与此同时，张居正又根据考成法，将一些政绩卓著的官员委以要职，并且打破论资排辈的传统偏见，不拘出身和资历，大胆起用人才。张居正在位期间，先后任用了一大批卓有政绩的官员，如他起用当时有名的水利专家潘季驯督修黄河，使黄河水患变水利，"数十年弃地转为耕桑"，漕河可直抵京师；用户部尚书张学颜整顿财政，政绩卓然；用抗倭名将戚继光镇守蓟门、骁将李成梁据守辽东，从而边境安定等等。此外，对于实行考成法后确认的廉能官员，张居正还上疏请求明神宗召见，万历二年（公元1574年）正月，明神宗就在会极门，召见了浙江布政使谢鹏举等25人，对他们的作为大加褒赞，并赐予金币。

经过张居正的整顿，万历政体大为改观。史载："自考成法一立，数十年废弛丛积之政，渐次修举。"原来那种朝令夕改、办事拖沓、权责混乱等官场流弊得到很大程度的控制和克服，使中央政令虽"万里之外，朝下而夕奉行，如疾雷迅风，无所不披靡"，"一切不敢饰非"，"政体为肃"。同时，各级官吏的办事效率也大为提高。万历初年诏令："凡隆庆

元年（公元 1567 年）前的积欠一概予以蠲免；隆庆四年（公元 1570 年）前的积欠免三征七。"实施考成法后，规定："催征不力，征赋不足额的，巡抚和巡按御史听纠，官州到官听调。"这就使各级官员努力设法，督责户主们把当年田赋及时完纳，不再拖欠。由于事涉各级官员之官职去留问题，官员们也多不敢再像从前那样擅自截流和中饱私囊。国家财政因此也大大增加，"赋以时输"，"不烦加赋"，而"国藏日充裕"。至万历四年（公元 1576 年），国库存粮已"足支八年"之用。张居正对吏治的改革和整肃是卓有成效的。

★改革赋役，一条鞭法

张居正所推行的"一条鞭法"，上承唐代两税法，下启清朝的"摊丁入亩"制，是中国赋役法上的一个伟大变革。

张居正的经济改革措施，一举扭转了财政多年积困窘迫的状况，挽救了明王朝的经济危机，达到了改革的目的。同时，他的经济改革"一条鞭法"也是合乎历史发展趋势、具有深远而积极影响的伟大变革。

万历六年（公元 1578 年），张居正下令清丈全国各种类型的土地，对勋戚庄田、民田、职田、屯田、荡地、牧地等，悉数丈度。张居正责成户部尚书张学颜亲自主持清丈。此项工作历时 3 年，至万历九年（公元 1581 年）结束。清丈结果，垦田亩数达 7 亿多亩，较弘治十五年（公元 1502 年）增加了 2.8 亿亩。尽管田亩数中非法隐漏逃税之数还未全部查出，但这毕竟清查出了大批的隐田，在一定程度上使豪强勋戚等大地主的势力受到了抑制。在查出的隐田中，以直隶、河南和山东三处最多，直隶增 23 万顷，河南增 33 万顷，山东增 7 万顷，共 63 万顷。经过这次土地的大清丈后，田赋得到进一步整顿，史称："于是豪猾不得欺隐，里甲免赔累，而小民无虚粮。"

在清丈土地的基础上，张居正又进一步实行赋役制度的改革。于万历九年（公元 1581 年），在全国推广"一条鞭法"。"一条鞭法"又称"条编法"、"类编法"、"明编法"、"总赋法"等。

它是把田赋、徭役以及各种杂差、贡纳，并为一条，折成银两征收的一种赋税制度。在不同时期和不同地区，其具体内容又各不相同。大而言之，它的共同要点包括以下四条：

第一，合并赋役，将一部分徭役摊入田地，按亩征收。秦汉以来，赋与役是分别征派的。其时，赋役征派的对象由户、丁、田三部分构成。汉代的赋役，以丁身为本，即以户、丁为主。南北朝时期的田租、户调以及隋唐时期的租庸调，是对人（户、丁）之税与对物（田亩）之税并行的赋役制度。唐中叶以后的两税法，虽说"唯以资产为宗，不以丁身为本"，但徭役的征派不仅依然存在而且还相当繁重。宋代在推行两税法的过程中，同时还征收丁身米钱和役钱等项。到了元代，仍有科差、杂泛等征派。明初的赋役制度，依然有里甲、均徭、杂泛等对丁身之征派。从两汉到明代的发展历史表明，赋役征派由以丁身为重点到以地亩为重点，一条鞭法将赋与役合并，并将一部分徭役摊入地亩征收，加重地亩之税，减轻丁身之税，这是符合发展规律的。

赋役合并，包括三方面的内容；其一是役内里甲、均徭、杂泛等项的合并，其二是赋内各项诸如官民田土科则的合并以及土贡方物、杂项课税的合并征收，其三是赋与役的合并，即将一部分徭役摊入地亩征收，前两者是赋和役内部的合并，第三种是赋与役的合并，即将役的征派以

一定比例摊入地亩征收。将役摊入地亩征收，主要有四种形态：第一，以丁为主；以田为辅。例如某县役银总额为1万两，丁摊6000，田摊4000，即是以丁为主，第二，以田为主，以丁为辅，例如按税率摊派，每亩出役银6钱，每丁出4钱，便是以田为主；第三，丁田平均分担，各占一半，第四，徭役银全部摊入地亩征收。

此外，有的地方将土贡方物亦编入一条鞭法征收。例如，湖广宝庆府的土贡方物及其解运费用，全部编入一条鞭法，随粮带征，不另立项目。还有的地方，将与赋役毫无关系的杂税，亦编入一条鞭法内，一并征收。例如，广东韶州府将杂税项下的门摊、商税、酒醋茶引、油榨场、坑窑冶、没官屋赁、河渡、牛租、牙行、税契等项额银，全部编入一条鞭法内征收，甚至出现了"银存而名亡，至有不知其名者"的现象。其他诸如广州、南雄、惠州、潮州等府，都有类似的情形。

明初，民户食盐皆从官领，计口纳钞，至正统年间，始有商贩，官府不复颁盐，但征钞如故。实行一条鞭法后，户口食盐钞的摊派亦编入一条鞭法内，统一征收，成为一条鞭法的一个组成部分。

第二，里甲十年一轮，改为每年金振一次。明代的里甲制，原先是十甲轮充，每年只役一甲。这在"事简里均"的明初，尚较适宜。但到后来，"事烦费冗"，兼以十年之中人户丁产消长不一，变化很大，各种不公平现象日益严重。就里甲制本身而论，亦有其内在弱点。诸如，各年的差役繁简不同，各甲的丁粮多寡不同，要使其适均实属很难。再加上各甲之内的优免赋役入户的多少不同，所以，即使每年差役总数相等，而丁粮多、优免户少之甲，每户负担必轻，丁粮少、优免户多之甲，每户负担必重。至于均徭中银差与力差的分别，原有调剂贫富负担之意。

力差较重，故以粮多者编充，银差较轻，故以粮少者编充。但由于奸猾豪强勾结吏胥作弊，结果反使粮多者得轻差，粮少者得重差。此外，他们还用"花分"、"诡寄"、挪移出甲等办法，逃避赋役。例如，某官依例当免田粮千亩，而他却有田万亩，于是便将万亩之田花分于十甲之中，每年各免千亩，十年轮充一遍后，实际上是万亩之田均不纳田粮，此则为花分诡寄。又如，某势要之家与胥吏勾结，凡遇编审得役之年，先期将田亩转移于下甲人户名下，到下甲编金徭役时，又转到已役过之甲户名下。此即为挪移出甲。由此可见，十年一派虽有"一劳九逸"之好处，但却易为豪猾之民作弊，特别是在吏治腐败的情况下，赋役之不均更为严重。针对这种状况，有些官员就主张变十年一派为一年一派。例如，苏州知府乏仪，就主张一年一派。因为一年一派可使徭役征派与人户丁粮的变动大体相符。江南一些地方在推行十段锦法过程中，就改十年一派为一年一派。一条鞭法推行后，全部统一为一年一派。

第三，赋役的征收解运，由民收民解改为官收官解，减少了层次，简化了手续。自宋元以来，两税之征收解运，均由里正、保甲负责。但因吏胥作弊，敲诈勒索，民不堪命。明初遂改为由粮长负责征收解运。粮长是由民间推选的，故称为民收民解。明代各地的税粮都分为两部分，一曰存留，即留供本地开支的部分；一曰起运，即解运中央或指定地点的仓库。距离较远、运输困难的仓口，称曰重仓口，距离较近、运输方便的仓口，称曰轻仓口。用途较急的称急项税粮，用途缓的称缓项税粮。由于吏治腐败，吏胥作弊，变轻仓口为重仓口，改缓项税粮为急项税粮，成倍加重解运负担，致使解运成为一大灾难。一条鞭法推行后，税粮的征收和解运，均由政府派官担任。这样，就把原来的民收民解改变为官收官解。

　　第四，在征收方面，由实物改为货币，除漕粮外，一律折收银两。自两汉以来，官府征税一直以征收实物为主。汉代的人丁税，虽曾以货币输纳，但其后又转化为实物诸如丝麻绢布之类。唐中叶推行两税法后，两税虽以货币计算，但征收时仍然是实物，宋代的两税虽有折银征纳的情况，例如宋神宗熙宁十年（公元 1077 年），夏税秋粮均有折银输纳的现象，但属例外，并非定制。明初的税制，亦偏重实物。到了明英宗正统元年（公元 1436 年），才将一部分地区的税粮折为银两征收，名曰"金花银"。这是银两成为征纳正赋的开始。但"金花银"仅在局部地区推行。一条鞭法推行后，才在全国范围内，除漕粮征收实物外，其余赋役一律折收白银。这样，就在全国范围内正式确立了白银在赋役征收中的法定地位。这是一个历史性的重大变化，这个变化正是明中叶以来商品货币经济发展的产物和反映。

　　一条鞭法的推行，经历了一个曲折的历史发展过程。

　　早在明嘉靖十年（公元 1631 年）3 月，御史傅汉臣就上疏请行一条鞭法，但那时仅为一时一地所采用的税法，并未成为定制。到了嘉靖十六年，大学士顾鼎臣与巡抚欧阳铎、苏州知府王仪共同议定，推行旨在调剂赋役不均的"征一法"，其内容较之一条鞭法简单得多，且亦不完备。直到嘉靖四十年前后，才在南方一些省内逐步推行起来，其中比较早的是江西、浙江和南直隶，其次是两广和福建。

　　嘉靖三十五年，江西巡抚蔡克廉倡行一条鞭法，但由于王府、贵族、官绅的反对，遂革不行。嘉靖四十五年，巡抚周如斗又苦心筹划，准备推行，但又病逝于官，未能如愿。隆庆二年（公元 1568 年），巡抚刘光济再次上疏请行一条鞭法，获得允准，才逐步推行起来。因条例颇为周

详，对后世影响较大。

在浙江推行一条鞭法最有成效的是巡按御史庞尚鹏。从嘉靖四十年到隆庆元年 7 年间，庞尚鹏多次改革赋役制度，初行里甲均平法，后行十段锦法，最后归结为推行一条鞭法。万历元年（公元 1573 年）张居正出任内阁首辅后，庞尚鹏又巡抚福建，万历四至六年间，又在福建大力推行一条鞭法。其后又在广东、广西推广开来。

在南直隶推行一条鞭法最有力的是海瑞。隆庆三至四年间，应天巡抚海瑞，摧豪强、抑兼并、丈田亩、均科则，大力推行一条鞭法，深受小民拥护。但由于侵犯了豪绅地主的利益，受到攻击，被加上"沽名乱政"的罪名，革职归田了。

嘉靖至万历初推行一条鞭法的实践表明，只有在打击不法权贵、抑制兼并、清丈田亩的基础上，一条鞭法才能真正推广开来。否则，只能时行时停，中途夭折。万历初年，随着张居正改革的全面展开，一条鞭法才真正推广开来。张居正当政的 10 年间，除了江西、浙江、南直隶、福建、两广继续推行一条鞭法外，其余各省诸如河南、山东、湖广等省，亦都先后推行了一条鞭法。在张居正震撼朝野的全面改革的有力推动下，在全国范围内形成了"天下不得不条鞭之势"的潮流。万历十年 6 月，张居正病故后，神宗皇帝虽然凭借至高无上的皇权，废止张居正的改革，查抄张居正的家产，但却改变不了"天下不得不条鞭之势"的历史潮流。所以，万历十年以后，推行一条鞭法的地域仍在日益扩大。至万历十五年、十六年、十七年，贵州、云南、四川、山西、陕西以及甘、肃二州卫，亦都先后推行了一条鞭法。至是，全国南北直隶、十三布政司都推行了一条鞭法。张居正改革赋役制度、推行一条鞭法的夙愿，得以全面实现。

专擅欺帝的大将军鳌拜

★奉诏辅政，打击异己

鳌拜作为"先帝"顺治的"忠臣"，在奉诏辅政之后，却不自觉地发生了转变，弄权成了他的第一要务。

顺治七年（公元 1650 年）12 月，39 岁的睿亲王多尔衮病死，顺治帝福临以 14 岁幼龄开始亲政。在顺治帝亲政期间，原来遭受睿亲王多尔衮打击的豪格派得势，鳌拜因屡受多尔衮贬抑，颇得郑亲王济尔哈朗喜爱。多尔衮一死，鳌拜即被晋爵三等侯。顺治八年（公元 1651 年），鳌拜被任命为议政大臣，并晋爵一等侯兼一等骑尉。

不久，鳌拜与索尼、遏必隆、苏克萨哈四人被授领侍卫内大臣，参预朝政。这样，以郑亲王济尔哈朗为首的贵族，掌握了朝中大权，鳌拜从此平步青云，成为朝中举足轻重的人物。

顺治十三年（公元 1656 年），鳌拜上奏顺治帝说："请陛下三年进行一次大阅兵，以讲武事。"鳌拜的奏请得到顺治帝的认可，顺治帝遂命大臣、侍卫等在御前较射，以鳌拜为令，统领其事。这一年的 11 月，

鳌拜以前征战中所受的伤复发，卧床不起，顺治帝亲临其府第视疾，这使鳌拜觉着荣幸之至。顺治十四年（公元1657年），深得顺治帝器重的鳌拜，被授以少保，并兼太子太保。很快，又升迁为少傅兼太子太傅，专门教习武进士。

鳌拜与索尼、遏必隆、苏克萨哈四人，对顺治帝忠心耿耿，深得顺治帝与孝庄皇太后的赏识与信任。他们被委任掌握宫廷宿卫的同时，又掌握上三旗实权。他们经常守卫在顺治帝和孝庄皇太后身边，参政议政。太后有事，即通过索尼、遏必隆、鳌拜、苏克萨哈传谕；太后有病，鳌拜、索尼、遏必隆、苏克萨哈四名近侍护卫，昼夜轮流护卫，食息不暇，从而受到顺治帝的嘉奖。

就在鳌拜深受宠信之时，顺治帝于顺治十八年（公元1661年）正月初七不幸病死。年仅24岁。在他弥留之际，遗诏指定年仅8岁的三儿子爱新觉罗·玄烨为皇太子。于正月初九，玄烨在其祖母孝庄皇太后亲自主持下，即皇帝位，改次年为康熙元年。同时，顺治帝在遗诏中说："特命内大臣索尼（正黄旗）、苏克萨哈（正白旗）、遏必隆（镶黄旗）、鳌拜（镶黄旗）为辅臣。伊等皆勋旧重臣，朕以腹心寄托，其勉矢忠荩，保翊冲主，佐理政务，告示中外，咸使闻知。"

在四大辅臣之中，居于首位的索尼是四朝元老，并深得孝庄皇太后的信任与赏识，鳌拜虽然有大功在身，也不敢与之针锋相对。居于第三位的遏必隆，与鳌拜同属镶黄旗，遇事无什么主见，总是人云亦云，随声附和。鳌拜对其根本不放在心上。居于第二位的苏克萨哈，爵位较低，仅为一等男，但地位仅次于索尼。如果索尼死去，苏克萨哈即有替补其位的可能。这使得鳌拜心存芥蒂，两人遇事总争吵不休，以至于成为仇

敌。加之黄旗与白旗之间宿怨较深，鳌拜便利用黄、白旗之间的积怨，在正黄旗、镶黄旗、正白旗之间制造事端，借以打击苏克萨哈。

黄、白旗之间的矛盾由来已久，最早可追溯至清太宗皇太极之时，主要是由于皇太极改旗和圈地所致。皇太极于天命十一年（公元1626年）九月初一日即汗位，不久便将自己掌握的正白旗、镶白旗改为正黄旗和镶黄旗，分别为左、右翼之首，使其地位日益高升。同时，皇太极又将努尔哈赤留给阿济格、多尔衮、多铎三个幼子的正黄旗、镶黄旗改为正白旗、镶白旗，使其居于左翼之中，地位每况愈下。从此，黄、白两旗之间便产生了矛盾。

顺治初年，清王朝占领北京城的第二天，便下令北京城内的汉人居民一律迁到城外居住，内城由满洲八旗驻防。在顺治元年（公元1644年）12月，顺治帝下诏说："我朝建都燕京，期于久远。凡近京各州县民人（指汉人）无主荒田，及明朝国舅皇亲、驸马、公、侯、伯、太监等死于寇乱者，无主田地甚多。着户部概行清查，若本主尚存，或本主已死而子弟存者，量口给与，其余田地尽行分给东来诸王、勋臣、兵丁人等。此非利其地土，良以东来诸王、勋臣、兵丁人等无处安置，故不得不如此区划。然此等地土，若满汉错处，必争夺不止。可令各府州县乡村，满汉分居，各理疆界，以杜异日争端。今年从东来诸王各官兵丁及现在京各部院衙门官员，俱著先拨给田园。其后到者，再酌量照前与之。"这一上谕明确规定了分配田地的办法，近京各府州县由此全面展开了对民间田地的争夺，称之为"圈地"。

在圈地过程中，按照规定，依左、右翼次序分配。但摄政的睿亲王多尔衮凭借自己的便利条件，擅自将本应属于镶黄旗应得的永平府（今

河北卢龙）之地给了自己的正白旗，而于保定府（今河北保定）、河间府（今河北河间）、涿州（今河北涿州市）等处另拨土地给镶黄旗。多尔衮的所作所为，当时在黄旗中引起了不满，但由于当时情势，并未有人提出异议。

鳌拜为了笼络黄旗大臣，孤立、打击苏克萨哈，又旧事重提，立即引起正黄、镶黄两旗大臣的共鸣。加之索尼一向与苏克萨哈不和，鳌拜遂于康熙五年（公元 1666 年）正月，指使两黄旗旗民上诉，要求更换圈地，造成八旗纷纷要求重新更换圈地的形势，给孝庄皇太后和康熙帝带来极大困扰。孝庄皇太后只好把两黄旗旗民的上诉让户部处理。

户部尚书、正白旗大臣苏纳海认为不妥，他说："旗人安业已久，且康熙三年（公元 1664 年）已下诏不许再行圈地，请罢议此事。"

苏纳海的阻止，使鳌拜大为不悦，他竟然假托圣旨让贝子温齐等人私自勘地，并于康熙五年（公元 1666 年）3 月声称孝庄皇太后和康熙帝支持镶黄旗圈换土地，移回左翼之首。这时鳌拜的行径都是偷偷进行的，其目的是造成已迁回左翼之首的事实。鳌拜为达目的，不择手段，将北京东北顺义、密云、怀柔、平谷四县之地立即圈拨给镶黄旗。照这样一来，户部复议苏纳海、鳌拜二人的建议时，所议的已不是镶黄旗是否应该迁回左翼之首，而是如何圈拨土地安置迁回的人口了。

康熙五年（公元 1666 年）秋天，户部尚书苏纳海、侍郎雷虎等人，依照第一种主张率人前往正白旗所占之地进行丈量，为圈换土地作铺垫。但已经在自己的土地上耕种 20 余年的正白旗旗人坚决反对，怨声载道；镶黄旗旗人则坚持非换不可，这样一来双方相持不下，以至于土地荒芜。消息传至京城，年幼的康熙帝向祖母孝庄皇太后奏报了圈换土

地造成良田荒芜之事，要求孝庄皇太后切责鳌拜等人，中止圈换土地。

就在这时，直隶总督朱昌祚、巡抚王登联交章上疏。朱昌祚在上疏中说："臣等履亩圈丈将及一月，而两旗官丁较量肥瘠，相持不决。且旧拨房地垂二十年，今换给新地，未必尽胜于旧，口虽不言，实不无安土重迁之意。至被圈夹空民地，百姓环诉失业，尤有不忍见闻者。若果出自庙谟，臣何敢越职陈奏？但目睹旗民交困之状，不敢不据实上闻。仰祈断自宸衷，即谕停止。"

王登联上疏说："旗民皆不愿圈地。自闻命后，旗地待换，民地待圈，皆抛弃不耕，荒凉极目，亟请停止。"

朱昌祚、王登联二人的奏疏，对鳌拜胆大妄为，随意圈换土地，给老百姓带来的灾难进行了如实奏报，并预以抵制，要求中止其事。同时，户部尚书苏纳海也认为："屯地难于丈量，镶黄旗章京不肯受地，正白旗包衣佐领下人不肯指出地界，宜候明诏中止其事。"并建议撤回有关官员，停止大量换地。

鳌拜闻知直隶总督朱昌祚、巡抚王登联的奏疏，及苏纳海的决定，惊慌失措，他感到自己处心积虑筹划的圈换土地之事随时有被迫中断的可能，那时自己将会一败涂地。于是，鳌拜决心先下手为强。

鳌拜以直隶总督朱昌祚、巡抚王登联及户部尚书苏纳海办事不力，迟误圈换土地为由，将他们三人逮捕，交付刑部审理。他还以朱昌祚、王登联二人上疏之时，曾将奏疏让苏纳海看过为由，诬陷他们结党营私，违背祖制，以激怒孝庄皇太后，置三人于死地。同时，鳌拜还处罚了三名不肯受地的镶黄旗副都统，将他们撤职查办。

朱昌祚、王登联、苏纳海被交付刑部之后，刑部认为律无正条，只

对他们鞭一百，籍没家产。年仅 13 岁的康熙帝接到刑部的奏疏之后，知道朱昌祚、王登联、苏纳海三人本无罪过，只是因阻挠鳌拜进行圈换土地，将鳌拜惹怒而招致祸端。康熙帝觉着事体重大，便亲自出面，特召索尼、苏克萨哈、遏必隆、鳌拜四大辅臣，并赐座询问案情。鳌拜极言朱昌祚、王登联、苏纳海三人罪大恶极，要求康熙帝对他们处以重罪。索尼、遏必隆二人则随声附和，唯独苏克萨哈沉默不语。因为他明白，自己在四大辅臣中，只占少数，是难以取得胜利的，只好以缄默表示反抗。

康熙帝虽然年仅 13 岁，但他却是非分明，并没有听信鳌拜等人的话，仍然以刑部所议对朱昌祚、王登联、苏纳海进行处罚，婉拒了鳌拜的请求。但鳌拜的权力欲已极度膨胀，他仰仗自己的权势，竟然矫旨将朱昌祚、王登联、苏纳海三人处以绞刑。并株连已故的苏纳海族人原户部尚书苏武尔代，将赠与苏武尔代的官职尽行削去，定罪处罚。鳌拜杀了朱昌祚、王登联、苏纳海三人之后，强行圈换土地。据拨地侍郎巴格统计，在鳌拜强行圈换土地过程中，镶黄旗迁移壮丁共 40600 名，圈换土地 12.3 万坰；正白旗迁移壮丁 22361 名，圈换土地 11.18 万坰。

★侵凌皇权，终致败局

当初顺治没有选择宗室亲王担当辅政大任，而是选择了异姓大臣。这也许跟他幼年时期多尔衮专权的经历有关，他不想再出现一位"多尔衮"来操控子孙的天下。不过，权力这个魔杖，能够改变一个人的心理和行为。鳌拜功臣、忠臣的形象开始渐渐变形，他再也不像从前忠心扶持皇太极的儿子福临那样对待福临的儿子玄烨了。结果，康熙初年，虽

然没有了多尔衮，但却出现了专权的鳌拜。并且，比起多尔衮来，鳌拜有过之而无不及。

圈换土地事件结束后，鳌拜的权力欲望极度膨胀，企图取得启奏权和批理奏疏大权，使自己超过遏必隆和苏克萨哈，成为仅次于索尼的二号人物，但鳌拜的胆大妄为引起了孝庄皇太后和年幼的康熙帝的高度警惕，对鳌拜开始产生戒备之心，处处小心谨慎。同时，孝庄皇太后和康熙帝也开始对鳌拜严加防范起来。

鳌拜为了实现自己的阴谋，私下培养了一大批党羽，形成了一个集团，随时准备把持朝政。在鳌拜的私党中，其弟穆里玛受命为靖西将军，因镇压农民起义军李来亨有功，被超授一等阿思哈尼哈番（世袭二品爵号），执掌兵权。除此之外，成为鳌拜私党的还有秘书院大学士班布尔善、吏部尚书阿思哈、侍郎泰必图、兵部尚书噶褚哈、工部尚书济世、内秘书院学士吴格塞及鳌拜的子侄等，涉及朝中的方方面面。由于这些私党的参与，鳌拜的党羽势力日见膨胀，在朝中起着举足轻重的作用。

康熙五年（公元1666年），鳌拜授意自己的党羽吏部尚书阿思哈、侍郎泰必图二人，提议给每省派遣大臣二人，设衙门于总督、巡抚衙门之旁，以稽察、监视总督、巡抚。鳌拜的意图很明显，他不仅要控制朝中大权，还试图将自己的亲信之人派往地方，凌驾于总督、巡抚之上，从而操纵地方大政。此议由于康熙和诸大臣的坚决反对，才不得不作罢。

自从鳌拜挑起事端，重新圈换土地之后，朝内百官惴惴不安，对四大臣辅政产生了恐惧和不安的想法，要求康熙帝亲政的呼声越来越高。

在百官大臣的支持下，辅臣索尼等也于康熙六年（公元1667年）3月奏请康熙帝，要求他亲政。索尼在奏疏中说："世祖章皇帝亦于十岁亲政，今主上年德相符，天下事务，总揽裕如，恳切奏请。"索尼上奏不久，于康熙六年（公元 1667 年）六月死去。索尼的死，使鳌拜想入非非，他想乘机越过遏必隆和苏克萨哈，成为首席辅臣。

康熙帝见鳌拜更加目中无人，觉着辅政之制已不能发挥它原来的作用，反而对朝廷构成威胁。于是，在康熙六年（公元 1667 年）7 月初三，康熙帝以辅臣屡行陈奏为由，往奏其祖母孝庄皇太后，要求亲政，取得了孝庄皇太后的同意，定于 7 月初七日举行亲政大典。

鳌拜为了使自己的阴谋得逞，在同意康熙帝亲政的同时，他绞尽脑汁企图主持起草皇帝亲政大赦诏书，借以捞取政治资本。但康熙帝早已看清了鳌拜的用心，对其不置可否，而是让他人密拟赦诏，临期颁行。这使得鳌拜的欲想破灭了，但鳌拜一计未成，又生一计，他以商议启奏应行事宜为名，试图将苏克萨哈拉入自己的阵营，一起把握政权，并且耸人听闻地声称："恐御前有奸恶之人暗害忠良，我等应将太祖、太宗所行事例敷陈。"苏克萨哈已诚心归政于康熙帝，对鳌拜的卑劣行径深恶痛绝，他斥责鳌拜说："教导主子之处，谁有意见各行陈奏，何必共列姓名？"鳌拜见苏克萨哈不听从自己，对其怀恨在心，转而进行陷害。

在康熙帝亲政前夕，鳌拜等人随同康熙帝向孝庄皇太后奏请亲政事宜，鳌拜还假意要求谢政。孝庄皇太后客气地说："帝尚幼冲，如尔等俱谢政，天下事何能独理？缓一二年再奏。"

鳌拜的本意只是试探而已，并非真要归政，见孝庄皇太后一客气，他便乘机说道："主上躬亲万机，臣等仍行佐理事宜。"为自己继续拖延谢政时间、把持朝政找借口。

康熙六年（公元 1667 年）七月初七，康熙帝举行亲政大典。这一

天，14岁的康熙帝身着龙袍，头戴皇冠，御太和殿，躬亲大政，诸王以下文武百官，上表行庆贺之礼，宣诏天下。从此，康熙帝开始执掌政权，成为真正的君主。康熙帝在亲政前后，任用他人密拟赦诏，表明辅政大臣的权势已经今不如昔，但在朝班位次上辅政大臣仍然排在亲王之上，继续掌握批理章疏大权。特别是鳌拜拥有一大批身居高官的私党，就连敬谨亲王兰布、安郡王岳东、镇国公哈尔萨等人，也先后设法诏附鳌拜。尤其在上三旗中，鳌拜已居绝对优势，不仅镶黄旗完全听他指挥，而且使得正黄旗也随声附和，苏克萨哈为首的正白旗则遭受到严重的打击和削弱。这样，鳌拜更加嚣张。当时宫廷宿卫的任务完全由上三旗承担，侍卫以鳌拜势大，对其十分惧怕，甚至盲目崇拜，竟有人进奏时吹捧他为圣人。鳌拜为了扩张自己的势力，竟然在录用官员之时降低要求，笼络人心。鳌拜的专权跋扈，得到了遏必隆的依附。这不仅使康熙帝难以实际亲政，而且也对整个爱新觉罗氏皇族形成了威胁。

对鳌拜一向鄙视的正白旗辅政大臣苏克萨哈，不甘心与之同流合污，但又见其势大，自己势单力薄，便产生退隐之念，在皇帝亲政之后第六天便上奏请求致仕，但同时，他又在自己的奏疏中隐约道出鳌拜把持政局蛮横无理，自己只好隐退。另外，他也试图以自己隐退的行动迫使鳌拜、遏必隆也相应辞去辅政之职，交出权力。但康熙帝对苏克萨哈的困境及其一片苦心一无所知，见他奏请要去守陵，颇为疑惑，便派米斯斡等人前往查问。

鳌拜本来对苏克萨哈久怀怨恨，时常找机会进行陷害，他便借此对苏克萨哈大作文章，矫旨指责苏克萨哈说："兹苏克萨哈奏请守陵，如线余生得以生全。不识有何逼迫之处，在此何以不得生，守陵何以得生？

朕所不解。著议政王贝勒大臣会议具奏。"

当时，国史院大学士巴泰极力抵制鳌拜专权。鳌拜为了将苏克萨哈处死，在议政王大臣会议议论苏克萨哈之事以前，把可能持异议的大学士巴泰等人拒之门外，自己完全控制了议政王大臣会议。在议论苏克萨哈的所谓罪行时，鳌拜的私党班布尔善不问青红皂白，给苏克萨哈编造了不欲归政等 24 项罪状，要求把奸诈欺饰，存蓄异心的苏克萨哈，以大逆罪论处，其长子内大臣查克旦处以磔刑，其余六个儿子、一个孙子、侄子二人皆处斩立决。并将苏克萨哈的家产籍没，妻奴皆交付内务府。正白旗旗人前锋统领白尔赫图、侍卫额尔德也处斩立决。

鳌拜将议政王大臣会议议论的结果上奏康熙帝之后，康熙帝这才醒悟，知道鳌拜挟怨构罪，不答应鳌拜的奏请。鳌拜骄纵蛮横，竟然在康熙帝面前攘臂上前，累日强行奏请。最后，康熙帝只好将苏克萨哈的磔刑改为绞刑，其他均按鳌拜的奏请执行。

苏克萨哈一家大小冤死之后，四大辅臣之中仅剩下鳌拜和遏必隆两人，而遏必隆又是个老好人，遇事没有主见，处处依附鳌拜，这就使得鳌拜真正成为一个一人之下万人之上的权臣。

鳌拜矫旨杀死苏克萨哈之后，更加放纵。凡起坐班行，自动列于遏必隆之前，以首辅自居。对于朝中政事必先于私家议定，然后上奏施行。常常把启奏官员带往私门酌商，如果有人自行启奏，事先不同鳌拜商讨，他便嗔怒不已。在康熙帝面前，凡事不按常理进奏，多以过去的疏稿呈上，逼其依允。更过分的是，鳌拜常常当着康熙帝的面，呵斥大臣，拦截章奏。在康熙帝的眼里，鳌拜的作威作福的卑劣行径已经达到了令人无法容忍的地步。

在康熙六年（公元 1667 年）6 月初一，内弘文院侍读熊赐履遵旨条奏四事给康熙帝。他在奏疏里说："我国家章程法度，其间有积重难返者，不闻略加整顿，而急功喜事之人，又从而意为更变，但知趋目前尺寸之利以便其私，而不知无穷之弊已潜倚暗伏于其中。请将国家制度详慎会议，勒咸会典，颁示天下。"

鳌拜得知熊赐履的奏疏之后，大为恼怒道："是劾我也！"于是，他时时要求康熙帝以妄言治熊赐履的罪，并且请申禁言官，不许他们上书陈奏。

康熙拒绝道："他自陈国家大事，与尔何干？"但在当时，康熙帝仍希望鳌拜重新改过，克保功名，特意命鳌拜于二等公外加一等公，并以其子那摩佛袭二等公爵位。到了康熙七年（公元 1668 年），又加鳌拜太师，其子那摩佛为太子少师。康熙帝所希望的感恩悔罪的目的并没有达到预期的效果，鳌拜反而更加骄横，毫无悔过之意，甚至出现公然抗旨的事情。在朝贺新年时，鳌拜也身穿黄袍，仅帽结与康熙帝不同。

鳌拜的私党玛尔赛死后，部臣请求赐予谥号，康熙帝不允许，并降旨说："有何显功，不准行。"但鳌拜根本不把康熙帝的旨意当一回事，竟然擅自赐玛尔赛谥号。在鳌拜的怂恿下，其私党大学士班布尔善也敢怠慢康熙帝，奏事时，谕旨稍有不合意之处，便忿然而出。当时，参与议政的蒙古都统俄讷、喇哈达、宣理布等人不肯依附鳌拜，鳌拜便擅自裁止蒙古都统，不许他们再行议政。当喀尔喀蒙克毕什克图之子来归时，康熙帝准备封其为公，但鳌拜的私党班布尔善竟然以为过分，嘱令理藩院，说以后蒙古不必照此例优封。

鳌拜及其私党的抗旨专断，使康熙帝彻底明白了他们结党乱政的丑恶面目，对鳌拜原有的一点幻想也破灭了，开始和鳌拜展开斗争。有一次，康熙帝听政之时，得知有一位大臣援引恩诏误赦一人，便问大学士李爵如何处理此事，李爵说："既已误赦，宜听之便。"康熙帝别有深意地说："宥人可听其误，若杀人亦可听其误乎？"暗里表明自己对鳌拜抗旨冤杀苏克萨哈等人的事情，他是不会就此甘休的。

年轻的康熙帝对鳌拜的警告和不满，使朝中的正直大臣感到了希望所在。

康熙七年（公元 1668 年）9 月，已升迁为秘书院侍读学士的熊赐履又一次上奏说："朝政积习未袪，国计隐忧可虑。"并引用宋代理学家程颐"天下治乱系宰相"一语，提醒康熙帝要使朝政有序，必须除掉鳌拜。康熙帝认为时机尚不成熟，为了不让鳌拜发觉，便斥责熊赐履妄行冒奏，以沽虚名。鳌拜便乘机以妄行冒奏之罪，拟将熊赐履降二级调用。康熙帝实际上并没有怪罪熊赐履的意思，其目的是为掩盖鳌拜的耳目，虽然康熙帝处处声称要处罚熊赐履，却始终没有采取行动。实际上，康熙帝已在悄悄部署各项工作，准备铲除鳌拜这个权奸。

康熙帝特意精选了一些少年侍卫、拜唐阿（即执事人），平日里专为扑击之戏。鳌拜以为皇帝年幼，喜欢游戏，而没有在意善扑营的真实用图。实际上善扑营的成立，并非康熙帝活泼好动，爱玩乐，而是他为铲除鳌拜在组织上做准备，一支真正属于康熙帝的人马团结在了他的周围。

随着康熙帝的准备工作准备就绪，剪除鳌拜的时机也就日益成熟起来。康熙帝为了确保除奸的顺利进行，在行动之前，先将鳌拜的私党以各种名义一一派出，以削弱鳌拜的势力。鳌拜的胞弟内大臣巴哈被派往

察哈尔（今河北北部）；鳌拜的亲侄子、侍卫苏尔马被派往科尔沁（今吉林西部）；鳌拜的姻亲理藩院左侍郎绰克托被派往苏尼特（今内蒙古苏尼特左旗东南）编定扎萨克事务；工部尚书济世被派往福建巡海。一切安排就绪之后，康熙帝于康熙八年（公元 1669 年）5 月 16 日，亲往善扑营问道："你们都是我的肱股亲信，是畏怕我，还是畏怕鳌拜？"

众人齐声回答："独畏皇上！"

于是，康熙帝历数鳌拜的罪状，让善扑营做好准备，等他召见鳌拜之时将其拿下。康熙帝将逮捕鳌拜的具体事务安排好之后，随即下诏召见鳌拜。

鳌拜受到康熙帝召见，是常有之事，所以鳌拜也就没有在意，依旧像往日一样大摇大摆地进了后宫。

鳌拜进宫门刚拜见过康熙帝，只听康熙帝大喝一声"拿下"，善扑营训练有素的侍卫猛扑上来，将鳌拜捆了个结实。和鳌拜同时被捉拿的还有另一位辅政大臣遏必隆和一等侍卫阿南达等。

接着，康熙命议政王大臣等审讯鳌拜。大臣们审实后，宣布鳌拜30 条罪状，应处以革职、立斩。当时鳌拜请求觐见康熙，让康熙看他为救康熙祖父皇太极而留下的伤疤。结果，累累伤痕和对上两代皇帝的功绩，终于使他保住了性命。康熙也确实是念及鳌拜资深处久，屡立战功，且无篡弑之迹，遂对他宽大处理，免死禁锢。其党羽或死或革。不久，鳌拜就在禁所死去。

第四章

历史上清官能吏这些事儿

中国历史不乏两袖清风、不贪不渎的清官，也不乏精明干练善于解决具体问题的能吏。清官与能吏在效率低下，充斥着贪官污吏的古代官场上是一道亮丽的风景，正是他们的存在使百姓得以苟活，使国家得以存续。毋庸置疑，清官能吏的生存环境必定是险恶的，唯其如此，他们的坚守更显得弥足珍贵。

雷厉风行的能相寇准

★一言而定太子

寇准从外戚、宦官、权臣这三种在历代王朝曾经控制朝政、危及皇权的因素出发，为宋太宗谋划太子人选定立标准。这既符合宋太宗巩固皇权的目的，又解决了继承人的问题。

宋太宗晚年身体欠佳，朝中大臣冯拯等人上疏劝他早立太子，他却勃然大怒，把上奏之人贬到岭南。其实，确立太子一直是太宗晚年的一块心病，只是因为儿子太多，且品德才学良莠不齐，身边又没有一个特别信得过的大臣可以商量，所以在确立太子问题上迟迟未决。寇准从青州被召回身边后，太宗觉得这位耿直果敢的年轻大臣对大宋王朝一片赤心，是最可信赖的，就把寇准叫到身边，询问他立储之事。

寇准思索了一会儿说："陛下替天下人选择君主，不可以跟妇人谋划，不可以跟宦官谋划，也不可以跟近臣谋划；希望陛下自己选择在天下人心中有威信有名望的人为太子。"

太宗皇帝迷惑不解地问："为什么不可以和妇人商量？"

寇准郑重地说："陛下知道平定诸吕的故事吧？刘邦死后，皇后吕雉执掌朝政，重用外戚。惠帝死后，吕雉让她的侄子吕产、吕禄等当上了南北军的将军。这样，吕后和诸吕就控制了军政大权。吕后刚死，诸吕集团企图夺取西汉皇位。当时西汉老臣陈平、周勃为了挽救朝廷，联络刘氏王侯的军队，迫使诸吕交出兵权，杀死吕产。随后，陈平、周勃拥立刘邦的儿子刘恒为帝，就是汉文帝，这才保住了汉朝天下。由此可知，与妇人谋，皇权很可能被外戚所夺，对宋室不利。"

太宗皇帝恍然大悟地说："爱卿说得很对，自古以来，贤良妇人是不可多见的。爱卿再说一说，为什么不能与宦官谋划呢？"

寇准神态安然，说道："陛下听说过赵高篡权的故事吧。赵高是秦始皇的一个宦官，深得秦始皇的信任，让他当十八子胡亥的法律教师，后来又为秦始皇掌管印信、文书等事。本来，扶苏是太子，但秦始皇一死，赵高便串通胡亥，胁迫丞相李斯，伪造秦始皇诏书，立胡亥为太子。又假造诏书一封，给扶苏和蒙恬加上不忠的罪名，派人拿着假诏书去逼死扶苏，逮捕蒙恬。然后，把胡亥立为二世皇帝。赵高从此把持了朝廷大权。所以，与宦官谋划，皇权很可能被他们所窃取。"

太宗皇帝听着，不住地点头。接着问道："为什么不能与近臣谋划呢？"

寇准胸有成竹地说："那例子就更多了。比如春秋时，齐桓公宠幸的近臣易牙，他听齐桓公说自己的病须吃小孩的肉才能治好，回到家便杀死了自己的儿子，蒸成羹献给齐桓公，深得齐桓公的信任。但是，等到齐桓公病重不能参预政事时，易牙就下了毒手。他与竖刁、开方等人把齐桓公关闭起来，不准外人接触，不给饭吃，不给水喝。齐桓公一死，

他们便杀害群臣，夺取权柄。因此，臣以为，必须陛下亲自为天下人选择太子。"

寇准的一席话，深深地打动了太宗皇帝。太宗皇帝思索了一会儿，用信赖的目光打量着寇准，屏退左右的人，对寇准说："襄王元侃可以吗？"

寇准忙说："了解儿子，没有比父亲更清楚的了。望陛下不必再问外人，早日决定。"

太宗皇帝于是就决定立襄王元侃为皇太子，改名恒。皇太子元侃到宗庙行立嗣之礼回来，京城的人挤在道路上高兴地跳跃欢呼："真是少年天子啊！"太宗皇帝听了不高兴，召来寇准问："民心很快地归向了太子，要把我放到什么地位上去？"

寇准不慌不忙，行礼祝贺道："全国人民拥戴太子，不正是人民拥护陛下的英明决策吗？这正是国家的洪福，陛下应该高兴才是。"

太宗皇帝转忧为喜，忙进后宫告诉皇后嫔妃知道，宫中人纷纷前来向皇帝道贺。于是太宗皇帝召寇准饮宴，君臣欢饮大醉方休。

★果断勇毅保社稷

寇准力促宋真宗亲征，鼓舞了宋军的士气，取得澶渊之战的胜利，宋军不但有效地阻止了敌人，而且为反攻创造了极其有利的条件，使辽国不得不进行和谈。

寇准反对和谈，在当时敌我双方的力量对比之下，其决策是正确的。首先，辽国战场失利，粮草不继，且对峙多日，师老兵疲。而宋军则士气旺盛，求战意识强，加上本土作战，后勤有保障，只要进一步切

断辽军粮草，辽军完全可以打败，而其后的形势发展也果如其所料。虽然后来在弱君佞臣的掣肘之下，收复幽云十六州的宏伟计划未能得以实现，而是缔结了"澶渊之盟"，但这仍然算得上是比逃跑投降要好得多的结果。

景德元年，辽圣宗皇帝及萧太后亲率号称 20 万骑兵，大规模南下，于当月 22 日到达河北唐河，围攻定州。定州未破，辽军绕道而行，经祁州、深州、冀州、大名等地，深入到澶州（今河南濮阳），大有向宋朝京师东京进军之势。

面对辽国咄咄逼人的气势，真宗和满朝文武惊慌失措，毫无良策。危难之际，以英勇果敢著称的寇准被推上了前台。景德元年 8 月，真宗任命寇准为宰相，要他负责解除辽军的威胁。

不久，辽军包围了瀛洲，直逼贝州、魏州，朝廷内外震惊恐惧。参知政事王钦若主张逃跑，他暗劝真宗放弃汴梁，迁都金陵；又有人劝真宗逃往成都。真宗犹豫不决，便召寇准商议。寇准力主抗辽，对主张逃跑之人恨之入骨，他心知是王钦若等人的主张，却佯装不知说："谁为陛下出的这种计策，罪该处死。如今陛下神明英武，将帅团结一致，如果御驾亲征，敌军自然会逃走，为什么要抛弃宗庙社稷，远逃楚、蜀之地呢？如果那样，大宋必然人心崩溃，军心涣散，敌军会乘势进攻，长驱直入，大宋的江山还能保住吗？"一席话，说得真宗大受震动，决定御驾亲征。

真宗和文武大臣率军从京师出发，向北进发。当大军到达韦城时，辽军已攻到澶州北城，真宗惊恐万分，信心全无，又打算南逃。寇准坚定地说："目前敌人已经临近，人心恐惧，陛下只可前进一尺，不可后退一寸！北城的守军日夜盼望着陛下的车驾，一旦后退，万众皆溃。"在寇准的坚持下，真宗率众臣勉强到达了澶州南城。此时，隔河相望的北城战事正酣，真宗和众臣不敢亲临前线，不愿渡河，寇准坚决请求真宗过河，他说："陛下如果不渡过黄河，那么人心就会更加危急；敌军的士气没有受到震慑，他们会更加嚣张。只有陛下亲临北城，才是退敌的唯一办法。更何况我军救援部队已经对澶州形成了包围之势，陛下的安全已经有了保障，还有什么顾忌不敢过河呢？"他见仍说服不了真宗，就把殿前都指挥使高琼叫到跟前，要他力劝真宗。高琼对战事相当了解，他对真宗说："寇大人方才所言极是，将士们都愿拼死一战，只要陛下过河亲临阵前，士气必然大振，定能击退敌军。"真宗无奈，只得答应过河。

到了北城，真宗登上城楼观战。正在城下浴血奋战的宋军将士，看到城楼之上的黄龙御盖，欢呼震天，声闻数十里，军威大振。他们呐喊着冲向敌阵，辽军被宋军士气所慑，锐气顿消，溃不成军。

此战胜利后，真宗回到行宫，留寇准在城楼之上继续指挥作战。寇准治军有方，命令果断，纪律严明，很受士兵拥护。在他的指挥下，辽军几次攻城都被杀得大败而还，主帅萧挞览也被射死。真宗在行宫之中对前线战事不太放心，多次派人前来打探战况，探子每次都见到寇准和副帅杨亿在一起饮酒说笑，就回去禀报真宗。真宗高兴地说："寇准这样，我还有什么不放心的呢？"

辽军虽号称 20 万，却是孤军深入，粮草不继，随时有被切断归路的危险。萧挞览一死，辽军人心惶惶，更无斗志，于是便派人送来书信，请求讲和。条件是宋朝每年给辽国大量绢银，辽军就退兵，并且永不再

犯中原。寇准想乘胜收复幽云十六州，所以坚决不答应议和。但真宗对战争早就厌倦，在求和派的劝诱下，对两国结盟议和表现出了极大的兴趣。一帮贪生怕死的官员又在背后放出谣言，说寇准利用打仗以自重，野心很大。迫于谣言的压力，寇准只得同意两国议和，缔结盟约。

真宗派大臣曹利用作为使节到辽军帐营中签订结盟条约，并商讨"岁币"之事。临行之前，真宗对他说："只要辽兵速退，'岁币'数目在百万之内都可以答应。"寇准却暗中又把曹利用召到帐内，对他说："虽然有皇帝的敕令，但你在与辽使签约时，答应的数目不得超过30万，否则，提头回来见我。"

这年12月，宋辽双方终于在澶州达成协议：辽军撤出宋境，辽皇帝向宋皇帝称兄，两国互不侵犯，和平共处；宋每年拨给辽"岁币"银10万两，绢20万匹。这就是历史上著名的"澶渊之盟"。

澶渊之盟后，河北战事平息，北疆人民得以安居乐业。

政绩与文学并重的苏东坡

★苏堤春色万古新

子贡曰:"如有博施于民而能济众,何如?可谓仁乎?"孔子回答说,"何事于仁!必也圣乎?尧舜其犹病诸?"按照孔子的标准,苏轼可以称得上是圣人了,苏轼整个仕途人生,就是在施恩于百姓,救济大众,然而苏轼并不是圣人,这也许是孔子给圣人定的标准定得太低了。"为官一任,造福一方"是苏轼从政的目标,苏轼的为官所为,表现了一个为官者的基本职责,苏轼在每一个位置上都能恪尽职守,表现了一个从政官员的基本素质。孔子给予的"仁政"标准虽不高,但在中国古代历史上,像苏轼这样恪尽职守,造福四方的官员却非常稀少。因此在广阔的土地上,漫长的岁月里,苏轼的业绩也随着苏堤春色永远灿烂。

苏东坡 20 来岁考中进士,初任河南福冒县(今河南伊阳西)主簿。尚未到任,受欧阳修举荐而参加直言极谏科的考试,并以"文义粲然"的《御试制科策》一文"入三等",改任为大理评事金凤翔府(今陕西凤翔)判官。

凤翔地处宋朝西北边陲，为宋夏战争前线。史书上说："自兀吴叛，民贫役重"，每年都要"飞刍挽粟，西赴边陲"，供应前线战争物资。地理位置如此重要，自然灾害却连年不断。苏东坡在凤翔任职期间，就遭遇到旱、涝、蝗等多种灾害。有一次，大雨一连下了三天三夜，苏东坡坐立不安；雨后又三日不晴，他更忧心如焚。于是，他亲自带领属下蹚着水察看民情，想方设法救助那些最困难的人。在其名作《喜雨亭记》中，他便充分表达了自己此时的心境。

苏东坡曾两次出知杭州。第一次，杭州遭受严重的蝗灾；第二次，冬春水涝，之后又遇大旱。他都在自己力所能及的范围之内尽最大努力赈济饥民。诸如用修葺官舍的钱买米设饭舍以待饥者；奏请朝廷减轻税负并免除积欠；置设药局、置病坊以治患者等等。

熙宁七年（公元 1074 年）苏东坡调任密州（今山东诸城）知州。当时，密州"旱蝗相仍"，"中民以上举无岁蓄"，"公私匮乏，民不堪命"。苏东坡一面悉心赈饥，并收养了不少被遗弃的儿童，一面组织群众抗灾自救，并表彰那些做出了突出贡献的人。

二年后，苏东坡改任徐州知府。又赶上该地区连降暴雨，昼夜不止。接着，黄河决口于澶州（今河南濮阳）曹村埽，淹了 45 个县、30 万顷良田。其洪峰很快抵达徐州城下，水深 2.8 丈，高出城 1.1 丈。城中有钱人家自觉末日即将来临，纷纷携带金银财宝出城避水，其他人也都急着东躲西藏，乱成一团。苏东坡见此情势，马上张榜通告全城百姓：有我苏轼在，就有徐州在！誓与徐州共存亡！随后，他下令将富人全部赶入城中，又号召全城百姓积极参加抗洪斗争，还亲自到徐州军营动员官兵保卫徐州。将士们见他满身泥浆，无不深受感动，竞相"持畚锸以筑长堤"。为指挥军民分头堵水，苏东坡"庐于城上，过家不入"，哪里有危险，就出现在哪儿。经过一番夜以继日的顽强拼搏，终于水退险除，保住了千千万万徐州人民的生命财产。随后，苏东坡又调拨粮米，妥善解决了灾民们的善后生活问题。

"为官一任，造福一方"，这也是苏东坡的从政目标之一。纵观他的仕途经历，东自登州，西至凤翔，北自定州，南至儋州，其间包括密州、杭州、徐州、湖州、黄州、颍州和英州等，他都担任过地方官。无论在哪儿，他无不革旧布新，移风易俗，尽心尽力地为百姓办好事，办实事。

苏东坡就任于凤翔时，凤翔百姓有一件非常头疼的事，那就是年年必须砍伐终南山之树，编成木筏，"自渭水入河，经砥柱之险"，东运到京师开封。三门峡砥柱，势险水激，每年葬身鱼腹者不可胜数，有许多服役人家为此而倾家荡产。苏东坡得知这一情况，马上召集有关人员商议对策。经过反复论证，修改了实施多年的伐木、运木的规定，允许运木者"自择水工，以时进止"，抢在雨季到来之前、河水尚未上涨时运木到京。据史料，从此之后，"害减半"。

在徐州任上，苏东坡发现当地人民柴薪奇缺，穷苦人家常常为炊饮而犯愁。他经过反复调查、论证，又马上派人到城西南的白土镇一带去找煤。结果，发现那儿煤层厚、煤质好，又便于开采。从此，百姓们再也不为烧饭伤脑筋。

苏东坡治理杭州时，发现杭州的许多自然灾害都源于水利不修、河道淤塞。于是，又亲自视察当地水系，带领人民疏浚茅山、盐桥二河各10多里，并以茅山河专受江水，以盐桥河专受海潮。还大筑堤闸，控制河水与潮水。此外，鉴于西湖许久以来不浚多淤，草长水涸，葑田占据

湖之大半，又先后两次上书朝廷，反复强调西湖不可废，必须疏浚。他还提出了不可废之的五条理由，即：一、废之则不合放生祝寿之旨；二、废之则居民将复卤饮；三、废之则田亩无可灌溉；四、废之则城中之河必借江水而复易于淤恶；五、废之则官酒无以酝酿。当朝廷批准他的请求后，他立即筹措钱粮，招募人力，率民众建筑起长达30多里的一道长堤。堤上造六桥，通水利以便游舫之往还；堤两旁种桃柳芙蓉，花开时犹如一片玉锦。其间，他天天都到堤上去巡视，和民夫们一同吃住。人所爱吃的"东坡肉"，据说就是他那时亲自烧好送给筑堤民夫而传出来的。这条长堤，被时人命名为"苏公堤"，直到现在，仍为杭州一大景观。

即使苏东坡被贬而到儋州（今海南岛），也极力为百姓谋利益。当时，儋州被视为"瘴疠所侵，蛮夷所侮，饮食不具，药石无有，非所居"之地，人们根本不知道诗、书是什么东西。苏东坡却克服了重重困难，千方百计地办起了学校，致使学风大开。

★因为正直所以坎坷

苏轼在众多地方官任上，取得了骄人的成绩，充分体现了他的政治才华，我们说这是苏轼从政的成功，也是苏轼的失败。

苏东坡一向从善如流，疾恶如仇，除恶务尽。

在他25岁那年始任凤翔府判官时，一到任，就立即微服出访所属各县，明察暗访，直惩奸恶。对那些已经定了罪的囚犯，他也一一复审，据实按验，不冤枉一个好人，也决不放过任何一个坏人。

在他担任密州知州时，正值那儿盗贼滋盛，抢劫民财、掠夺民女者，

屡见不鲜。他经过多方努力，很快查出了首恶分子，果断地将其斩首示众，从而使密州社会治安迅速好转。

在他第二次担任杭州知州时，杭州首富颜巽之子颜章、颜益竟煽动富家子弟聚众闹事，惊扰社会。由于颜家财大气粗，目无法纪，多年来一直欺男霸女，无恶不作，百姓敢怒不敢言，连官府也怕他三分。苏东坡却毫不含糊，迅速查清了他们的罪行，将他们捕之归案，刺配本州牢城。当颜章、颜益下狱之日，杭州"闾里大悦"，无不为除了一大祸害而奔走相告。

当苏东坡主政定州时，他见那里军政废弛，武卒骄情，官吏们贪污成风，又严加整治。他还专门制定了一套地方法规：贪污不法者刺配远恶之地，酗酒饮搏之徒杖笞惩之。不久，这儿的风气也为之一变。

凡此种种，不胜枚举。也正因此，人称苏东坡"于人见善，称之唯恐不及；见不善，斥之如恐不尽。"还说他"见义敢为而不顾其害"。

苏东坡为政清廉，为人耿直，凡事有自己的见解，又敢于发表不同观点，从不趋炎附势。当时，正值王安石为首的革新派倡导变法，文彦博、司马光为首的守旧派反对变法，双方明争暗斗，势不两立。苏东坡本是赞成变法的，但对王安石忙于立法而忽视查办贪官表示了强烈的不满。同时，对司马光"新法不可行"的论调也提出了尖锐的批评，甚至指斥他"忠信有余而才智不足"。如此一来，"新党"、"旧党"都对他抱有成见。但他无怨无悔，我行我素，还常以诗文批评时政。因此，更遭到一些人的忌恨。

有一次，苏东坡写了一首《咏桧》的诗，其中有一句是"根到九泉无曲处，岁寒只有蛰龙知"。其本意是：桧树的根能扎到九泉之下也不

弯曲，地下的蜇龙是桧树的友邻和知音。但是，御史中丞李定和御史台（别号乌台）的一些人得知后，竟借机大做文章。他们将它解释为桧树的根宁折不弯，是表明作者在向皇上对抗，是图谋不轨，是大逆不道。宋神宗赵顼听信了李定等人的指控，便命人逮捕了苏东坡，并抄了他的家，李定还欲置之于死地。这就是历史上有名的"乌台诗案"。

"乌台诗案"事出突然，苏东坡还未反应过来就锒铛入狱。幸亏一些正直大臣们皆为他辩护，尤其是重病在身的曹太后也出面保护他，才使他死里逃生。不过，他却被贬为黄州（今湖北黄冈）团练副使，一个月后又落官为民。

性情豪放的苏东坡刚出监狱，又挥笔写了一首诗："平生文字为吾累，此去声名不厌低。塞上纵归他日马，城东不斗少年鸡。"写罢，又诙谐地自嘲道："我真是无药可救了！"

苏东坡被削官为民后，定居于黄州城南长江边上的临皋亭。他的老友马正卿为他请得城东废地数十亩，让他开垦耕种。因为这块地名为"东坡"，他也自称起"东坡居士"，人们改称他为"苏东坡"。在此后的将近5年中，他耕耘于东坡之上，交游于田父野老之中，创作出了许多反映民间疾苦的名篇。

天下第一廉吏于成龙

★立德济世的清官典范

在贪腐成风的清朝，做个清官实在不容易，而清官做到于成龙的地步，更是难上加难。

支撑于成龙为官之路的是和亲友道别时，"天理良心"四字的虔诚和立德修德、为民造福的信念。在任上，于成龙身体力行，克服困难，招抚盗贼，力行教化，使罗城境内状况出现了好转，罗城安定了下来。治理成功，体现了于成龙的政治能力，同时得到了上司的重视，为自己的宦海生涯开了一个好头。

于成龙出身农家，家产尚可维持生计。而传说的广西蛮烟瘴雨，北方人不服水土，十有八九不能生还。为此，亲友们一听说委任他为罗城知县，大都劝他不要去。但他认为：我已立意修德，为民造福，哪能知难而退？于是，变卖了部分家产，凑足路费，告别父老，留下妻儿，独自带着3位仆人，毅然登上了南下的路。

于成龙到达罗城后，只见那儿的环境比想象中的更恶劣：四面群山

环绕，到处河流纵横，数里之内不见人烟。所谓的县城，没有城池街道，只有几处茅庐，住着数户人家。至于县衙，也无门墙，而是"插篱棘为门牖"。院内只有3间草屋，东边算是宾馆，西边是书吏舍，到处长满了荒草，即便大白天也常有野猴钻来嬉戏。于成龙见此情状，心中不免有些凄苦，但他抱着"既来之，则安之"的想法，亲自"累土为几案"，又在柱子下支锅、铺床，开始了艰难的宦海生涯。

在于成龙到达罗城之初，当地还常有盗贼出没。他为防不测，晚上睡觉时，总在枕旁放把刀。但他认为：地方上的盗贼，大都是些穷百姓。他们本来不愿为盗，只是饥寒刑罚所迫，才沦为盗贼。所以，他主张"勿戕民命"，"勿剥民肤"，而应该多方招抚。基于此，他采取了一系列有效措施，很快便使不少人改邪归正。与此同时，他还常常光着头，赤着脚，穿着普通百姓的服装，深入到附近居民中，同他们一起劳动，一起聊天，相机帮他们解决一些实际困难，并通过他们向更多的人宣传自己的施政要领。百姓们见这位"县太爷"如此平易近人，都亲切地称他为"阿爷"，乐于向他说些心里话。为时不久，因多年战乱和盗贼滋扰而外逃的百姓纷纷返回故里，竞相开荒种田，逐渐恢复和发展了生产。

于成龙十分珍视这一好的势头。每逢农忙，他都到田野四处巡视。遇到辛勤耕作的百姓，主动向前打招呼，进行慰问。一季下来，他见谁家收获丰盛，就命人在其门外树立标志以示表彰；对那些因懒惰而使田园荒芜者，就动员各方面力量给他做工作，帮他们改过自新。

几年之后，罗城嘉禾遍野，牛羊满山。百姓们不但不愁衣食，不少人家还盖起了新房。然而，于成龙从山西老家带来的那3位仆人，却有

的病死，有的逃跑，只剩下他孤零零一个人。对此，他无怨无悔，一如当初。

于成龙在任罗城知县时，几乎天天喝粥，菜肴也只是一盘豆，一碟青菜。百姓们基于自家生活的好转，又见他的仆人们全都离他而去，十分不忍，几乎天天有人前去看望他，还不时地给他带些钱物。对此，他总是先道谢，再推辞。他说："我一个人在此，用不了多少钱。请你们拿回去买些可口的食物侍奉你们的父母，就如同送我一般。"

有一次，于成龙的长子千里迢迢来看他，他十分高兴，空前地买来一只鸭，煮了半只拿给儿子吃，另半只腌了挂起来，留待过年用。待儿子回家时，百姓们争先恐后地凑了好多钱，执意送给于公子。于成龙又一再表示："这儿离我家6000里，一个人带着钱，可是累赘啊！"说罢，坚决把钱退回去。百姓们感动得泪流满面，纷纷向他下跪叩首，他也禁不住流下了热泪。

★慎刑施教的治政之道

历史上所谓一张一弛的王者之道，都是采用软硬兼施的措施，如果一个朝廷只注重严厉打击，而不注重教化，那么人民将会惶恐不安，激而生变。软硬两方面，任何一个走向极端，都不利于社会的良性循环发展。于成龙"宽严并治"，他一方面打击扰乱社会安宁的不法分子，一方面施行教化，招抚驯服案犯。他慎刑施教的主张稳定了清王朝的统治，维护了社会安宁。值得后人借鉴。

于成龙的刑法思想在清朝很有影响。对待案犯，他主张慎刑，以教为主，采取"宽严并济"和"以盗治盗"的方法，取得突出效果。康熙

八年（公元 1669 年），于成龙再次因政绩卓著而迁任湖广黄州府同知，驻于岐亭地方。岐亭地处黄州、麻城边界，多湖汊沟壑，向为盗贼之渊薮。这些盗贼肆行无忌，甚至白昼行劫，地方官吏也束手无策。于成龙到任后，很快摸清了他们的出没行踪，一举降服其魁首彭百龄等人，将其置于左右，实行"以盗捕盗"之策略。有一次，于成龙生擒 9 人，召集乡里父老，宣布说："这些都是巨盗，他们仗着被捕后解送上级官府可以揭发当地官吏的隐私，而有恃无恐，往往得以逃脱惩治。我现在将他们示众于父老面前，你们有能保证其今后不再为盗的，我就当众释放；否则的话我就将尽法惩治。"众父老出面为其中 2 人作了担保，而其余 7 人则当着众父老的面被严惩。消息传开，"盗自是惊匿"。

康熙十七年（公元 1678 年）6 月，于成龙升任福建按察使。当时的福建正值耿精忠之乱，台湾的郑经也时常兵犯漳、泉等郡，局势动荡，连年用兵，又连兴大狱，"民以通海获罪，株连数千人"。于成龙说：此事关系到众多百姓身家性命，是人命关天的大事，难道因为大狱已成，就可以不必审慎地复核了吗？经其详查，通海案所牵连的多半为无辜平民，应予省释。他立即禀告当时主管兵事的康亲王杰书，将关押之民尽行释放。每遇疑案，他必令详细审讯、反复核查，务期明允。经他清理，案无沉积，狱无淹滞，"所生全以千计"。福建巡抚吴兴祚上奏朝廷说："成龙执法决狱，不徇情面，屡伸冤狱，案牍无停。不滥置一词，不轻差一役……屏绝所属馈送，性甘淡泊，吏畏民怀，为闽省廉能第一。"

于成龙在词讼、断狱方面被看做是包公式的人物。他铁面无私，头脑敏锐而细心，善于从一些常人忽视的细节上发现问题的症结。他处理过许多地方上发生的重大疑案、悬案，使错案得到平反，因而被百姓呼为"于青天"，民间还流传着"鬼有冤枉也来伸"的歌谣。于成龙在破案、察盗方面的许多事迹，在清人野史、笔记和民间文艺中均得到反映，甚至神化。

★整肃吏治，举荐贤能

从于成龙身上我们可以窥出当时的政治局势。于成龙的造福百姓、崇尚节俭、奉行教化，和康熙推行的治国之策相吻合，康熙渴望吏治的清明，于龙成的举荐应合了康熙王朝良好的政治环境。康熙盛世的出现离不开于成龙等众多廉吏的贡献。

于成龙对清代官场吏治的腐败有清醒的认识，因而总是尽自己的所能逐项予以革除。康熙十九年，于成龙升任直隶巡抚，严戒州县官私加火耗银馈送上官。所谓火耗银是指自明代起，官府将从民间征收赋税所得之细碎银两重新熔铸为一定重量的银锭，上缴国库，把熔铸时的损耗部分称为火耗银，由纳税者承担。清代沿之。清初有的地方火耗高达正赋的50%，甚至将解运往返之费也摊入其中。这些费用主要用于官吏"分肥"和馈送上官。于成龙为此特地颁布了一个《严禁火耗谕》，严禁额外多收火耗，并且质问那些贪得无厌的官员："民力难支，又安忍于正供之外，敲鸠形鹄面之骨，吸卖儿鬻女之髓，遂一身一家之欲！"12 月，惩处了私自多收火耗、侵吞赈灾银两的青县知县赵履谦。他还经常单骑私访，遇有不法者则立予严惩。从此，"盗以息，民以安"，"滹沱、易水之间，洋洋乎颂声作矣"。

康熙二十年（公元 1681 年）12 月，康熙考虑到江南为财赋重地，必得清廉能臣前往料理，方能澄清吏治、有益民生，遂特旨授予成龙两江总督。于成龙对好友说："江左承八代之余，习尚浮靡，奸弊牢不可破。天子命我，我必思所以易之。"江南人听说"于青天"将至，心甚畏之。那些历来习尚奢侈的世家大族都"减舆从，毁丹垩，婚嫁不用音乐"。民间人人争穿布衣，布价因之骤贵。贪墨之吏纷纷落职而去，豪强猾胥率家远避。

于成龙深知"州县各官厉民积弊，处处皆然，而江南尤甚"，为痛加革除，乃手定《示亲民官自省六戒》，提出了勤抚恤、慎刑法、绝贿赂、杜私派、严征收、崇节俭这六条戒律，使州县基层官员"朝夕观省，自为猛惕"，并要求他们"虽自己足食，当思民之无食者；自己披衣，亦当思民之无衣者"，若"无功于国，无德于民"而终日华衣美食，则虽身居官长，实与盗贼无异。紧接着，他又颁布了《兴利除弊条约》，要求各级官员"尽行痛革"种种积弊：严禁滥加火耗和私派，严禁馈送，访拿衙蠹和地痞、流氓，严禁滥差衙门差役，严禁随便捕人入狱和私刑拷问，严禁包揽词讼、牟取奸利，禁止向行户摊派取索，禁止奢靡逸游，等等。于成龙以身作则，严正声明："本部院下车，清介自持，誓不受属员一毫馈送。尔司道厅府州县，务期共相砥砺，痛绝馈送。"

江南大省，政务繁多，于成龙寝食为废。总督衙门重门洞开，禀事官员可以直入其寝室，毫无阻挡。他还时常轻车简从，走访民间，问询疾苦，察吏安民。行为不端之人，"遇白须伟貌者，群相指自愧"，颇感胆战心惊。几个月间，兴利除弊，政化大行。

于成龙为官20余年，多次向朝廷举荐贤能官员，如：通州知州龙舜琴，经他荐举得升补江宁知府；江苏布政使丁思孔"历任既久，参罚因多"，于成龙疏请康熙在其入觐时"亲赐咨访，破格擢用"。丁思孔因得"准为卓异"，不久擢升偏沅巡抚。

第五章

历史上乱世英雄这些事儿

特殊的时代产生特殊的英雄才俊之士。大凡改朝换代之际、社会动荡、巨变陡生之时，也正是真正的能人志士大显身手、展示才华的良机。时势造英雄也好，英雄造时势也罢，总之，历史因为有了他们而更加精彩。

直钩钓君王的姜子牙

★渭水垂钓，一战成名

作为人才，姜子牙没有像别人一样去主动投靠周文王，而是借垂钓渭水，远离政治中心的姿态和一首抨击时弊、抒发忧民报国之志的渔歌，吸引周文王的注意力。最终，让周文王来礼聘自己。

当时的姜子牙知道自己并不具备出众的优势：一是已年近80；二是没有名气。在这两个前提下去投奔未必会得到重用。多年的人生经历使他选择了用垂钓之"行"，亮出自己未逢明君则避世江湖脱俗出世的政治态度；用渔歌之"言"，表明自己对执政者肉林酒池、积血鹿台的愤懑和对四周呻吟的同情。这种"自荐"方式也含有深层次的双向选择的用意，如果不是心怀灭商大志的明君，自然不为其行其言所动。当周文王听到渔人、樵夫等唱姜子牙所教歌谣而认识姜子牙，求才若渴的周文王自然不会放过眼前的人才。姜子牙于是成功地钓到周文王这条"大鱼"。

姜子牙作为殷商的一个小官吏时，看到周文王被迫食子伯夷考肉

而无怨言，知其心怀灭商大志。纣王放走周文王后，姜子牙就想去投奔周文王。于是便弃官西行，一路上历尽千辛万苦来到周都附近的渭水之滨。此时的姜子牙已年近80岁，虽有心投靠，但不愿屈尊，就在此隐居。整日坐在河岸边垂钓，盼着钓到一条"大鱼"。

一天，文王带着散宜生、南宫适等人来到渭水之滨游玩，君臣游兴正浓时，一伙渔民作歌而来。听那歌词，饱含着商朝将要灭亡、乾坤必定更替和隐者避世逍遥之意，文王大为惊奇，命南宫适叫来这伙渔民，问道："请问，这歌是你们编的？"一个渔民答道："我们是打鱼的村夫，不识字，哪会编歌呢？这是一个叫姜子牙的老翁在溪边垂竿钓鱼时唱的一首歌，他每天都唱歌，还教我们唱，我们听久了，也便学会了，其实并不解歌中之意。"文王听了，当即前往溪边，寻找姜子牙。

功夫不负有心人，经过一番曲折，姜子牙终于等到了赏识自己的明君，从此走上了成功的平坦大道。

姜子牙在得到周文王的重用后，急欲施展才华，以报知遇之恩。来到周都的第二天，他即趁早朝之机，向文王上了一道长长的奏折，其中写道："纣王耗费巨资，修宫建殿，酒池肉林，无所不为；但对一个四方宾服、八方朝贡的大国来说，这些耗费终究有限，国库尚未空虚；今纣王宫中，奸佞得势，朝纲废弛，但隐退之忠良，去国之贤臣，终究屈指可数，而感念汤王遗德、拯救商国基业的冒死进谏者，还屡屡不断；今四海荒芜，朝贡日缺，天下诸侯，皆有叛离之意，然臣服殷商年久，难免有畏惧之心；主公仁慈，万民幸甚，国运亨通，如日初升，然避处西岐，国力终究有限。此时东进，前有崇国之隔，后有戎人之患，若再遇商国大军，胜败难卜。以臣之见，主公宜继续普施恩德，惜臣爱民，顺天应时，敬武重文，教民演兵习武，耕耘充实仓廪；届时朝拜纣王，祭祀商国先祖，消除其疑虑；借白旄、黄钺之威，进军西戎（今陕西凤翔以西），攻灭密须（今甘肃灵台西），以建立稳固基地；往商国派遣工匠，助兴土木；贡献美女，再充宫室，助纣王淫乐，促忠良离心；往东方暗派使臣，鼓动夷人反叛，怂恿商军东进，形成后方空虚。此时再进军朝歌，将一举成功。"文王看完奏折，激动不已。当众宣读了一遍，文武大臣交口称赞，都认为姜子牙才智不凡，分析合情合理，办法切实可行。于是，文王当场封他为师，并兼三军最高统帅之职，同时命大家按照姜子牙计划，积攒粮草，整修武备，出使离间，伺机进军朝歌。一时间，周国上下，热火朝天。

与之相比，殷商更加暮气沉沉，暴政更加严重。除比干等极少数大臣外，都不敢进谏纣王，劝其改掉恶习，施行仁政，振兴国家。然而，纣王不听，继续宠幸妲己，干尽伤天害理之事。于是，民怨载道，贤臣寒心。不久，东夷反商，派兵杀进商国，商纣王命太师闻仲率20万军东征，对周一时无暇西顾。公元前1028年12月，周武王誓师伐纣，这是一场讨伐暴政的正义战争。公元前1027年初，西周大军到达牧野（今河南淇县西南），一场大战一触即发。

纣王闻报，这才如梦初醒，惊恐万状，由于商朝大军远在东边未回，匆忙间，只好命令把奴隶、囚徒武装起来，一夜之间，竟拼凑了一支75万人的队伍。这支临时拼凑的军队由奴隶、囚徒打头阵，向牧野而来。两军相遇，斗志高昂的周军跃跃欲试，正准备厮杀，突然，商军中的奴隶、囚徒阵前倒戈，杀向后面，这就是历史上有名的"前徒倒戈"。姜子牙趁机发动总攻，空旷的原野上，车轮滚滚，尘土飞扬，战马嘶叫，

刀枪撞击，经过一场浴血大搏斗，周军全歼了商军。对姜子牙在牧野之战中的功绩，《诗经·大雅》这样颂扬道：

牧野洋洋（牧野战场多宽广），

檀撒煌煌（檀木兵车多堂皇），

维师尚父（我们的统帅师尚父），

时维鹰扬（真像苍鹰在飞翔）。

牧野之战一结束，来不及打扫战场，姜子牙立即乘胜催军疾进70里，冲进朝歌，纣王自杀，商朝遂告灭亡。不久，武王建都于镐（今陕西长安沣河以东），西周王朝正式建立。

战争，说到底是一场政治斗争。战争的胜负并不完全取决于军事实力、指挥艺术的高下，很大程度上比拼的倒是人心背向，道义得失。武王伐纣，讨伐的对象是残暴不仁的商纣王，这就决定了战争的性质是正义的，会得到许多反对商纣暴政的其他力量追随和拥护。其次，采取了普施恩法，充实仓廪，攻灭密须等牢固根基的正确措施，转化了敌我双方的强弱对比。最后，又捕捉到了闻仲大军东征，朝歌内部空虚的大好战机。前徒倒戈，应该是商王朝大厦将倾的必然结果。

姜子牙作为古代著名的政治家、军事家的地位，随着周王朝的建立而流芳千古。

★因地制宜而施政的典范

姜子牙治齐，可以说是从齐地的客观条件出发，灵活处理政策与施

政两者之间的关系的典范。

　　西周王朝建立后，齐地是新开拓的疆土，当地的部族不服周朝统治，东方族的势力也乘机向西扩张，必须有一个得力忠心的人去统治。鉴于姜子牙在灭商战争中战功卓越又正是齐地人，因此，武王在大封功臣时将齐地首封于他。受封后，姜子牙深感责任重大，率领一支人马昼夜兼程赶到营丘，打退了前来争国的莱人，建立了自己的政权。局势稳定后，他不顾年迈，涉水爬山，各处察看，了解情况。他发现，这里虽然经济比较落后，生活比较艰苦，但也有优势：东临大海，有渔盐之利，土地广阔，适合种植桑麻；能人多，民风淳朴。姜子牙根据齐地的这些客观条件，从齐地实际出发，制定了利用有利条件、克服不利因素、发挥当地居民积极性的务实政策。这些务实政策主要包括政治和经济两个方面。他在政治上采取了十字方针："因其俗，简其礼"，"尊贤上功"。齐地本来是东夷人的家园，东夷人的势力非常强。在对待东夷人问题上，姜子牙以"因"、"简"、"尊"、"上"处理，灵活得当，而且颇有成效。具体来说，姜子牙从以下三个方面入手治理：其一，对民众实行"平易近民"的软控制。《史记·货殖列传》中说："临淄亦海岱之间一都会也。其俗宽缓阔达，而足智，好议论，地重，难动摇，怯于众斗，以勇于持刺，故多劫人者，大国之风也。"面对这种舒缓达观、自由开明的社会风尚，姜子牙没有强制推行周礼，而是"因其俗"，尊重当地人民的风俗习惯，让他们自由选择。其二，保留当地"书社"，简称"社"。"社"本是以地区为单位，以家族血缘关系为纽带的农村公社组织。它既是农业生产单位，又是开展祭祖、祭天和盟誓等活动的一种组织形式。姜子牙以为有可取之处，"简其礼"，保留了这种地方政权组织形式。其三，尊重人

才，唯才是举，以功为尚，不重名分，吸引了不少人才。

经济上，姜子牙因地制宜，实行了"通商工之业，便鱼盐之利"，劝女工"极技巧"、"宜桑麻"等经济政策，农工商并重，全面发展经济。由于政策对头，措施得当，推行有力，齐国的经济见效很快。不久，齐国就走上了正轨，社会安定，出现了"人民多归齐"的局面。

姜子牙以其雄才大略，取得了开国立政的成功，受封就国后仅仅五个月就回镐京向周公报告施政情况。周公感到奇怪，问他为什么这样快，姜子牙说："我简化了君臣之间的礼节，顺从当地的风俗，办事讲求效率，所以当地百姓很快就接受了。"周公的儿子伯禽到毗邻齐国的鲁国就封，过了三年才回来报告施政情况，周公问他为什么这样迟，伯禽说："我到那里忙着变更风俗，建立礼制，现在才有个头绪。"周公听了，叹道："唉！鲁国的后代怕是要臣事于齐国了。政事繁杂就不容易实行，民众必定疏远。政事简易而接近民众，民众必然归服。"

书生之勇胜三军的蔺相如

★关键时刻担当重任

有个著名而简单的公式是：才能＋机遇＝成功。积累才能，提高综合素质无疑是成功的基础。而具备才能的人，则还应该学会善于捕捉、把握乃至创造机遇，只会空叹怀才不遇是与成功无缘的。蔺相如就是这样一个善于把握机遇的人。

战国后期，群雄争霸，赵国脱颖而出，成为仅次于秦的强国。为了控制对方，秦赵之间勾心争斗之事不断。

公元前283年，赵惠文王得到一块宝玉，史称"和氏璧"，秦国又打上了这块宝玉的主意。

据《韩非子·和氏璧》记载说，从前有个楚国人，名叫卞和，在荆山（今湖北省南漳县西）得到了一块玉矿石，献给楚厉王，厉王命令玉工检验，玉工说是石头，楚厉王认为卞和欺骗他，对他处以酷刑，砍掉了他的左脚。楚厉王死后，楚武王继位，卞和又去献璧，武王令玉工鉴定，玉工又说是一块石头，武王又砍掉了他的右脚。武王死，楚文王继

位，卞和不敢再献，手捧着玉矿石在"荆山"脚下痛哭了整整三天三夜，眼泪淌尽了，流出了鲜血。

赵惠文王听到这个消息，派人去询问他痛哭的缘故，"天下被砍掉脚的人很多啊！你为什么哭得这么悲伤呢？"卞和回答："我不是因为被砍掉脚悲伤。我悲伤的是：明明是块珍奇的玉，却说它是石头；明明是忠实的人，偏说他是骗子。"赵惠文王闻言，命人将矿石拿到赵国，把玉矿石交给玉工雕琢，果然是一块玉璧，这块璧就称为"和氏璧"。

秦昭襄王得知赵惠文王得到宝玉后，想出一个歪点子，他差使者送信给赵王。信里说，秦国愿意用15座城作代价，交换赵国的美玉。

赵王看过信，自己拿不定主意，把廉颇和另外许多大臣召来商量对策。如果把和氏璧送给秦国，恐怕秦国不会真用15座城来交换，赵国就白白地受了欺骗；如果不送给秦国，当时的情况是赵弱秦强，又怕秦国出兵来攻打。

正在大家左右为难之际，宦官头目缪贤凑到文王跟前，细声细气地说："我家里有个门客，叫蔺相如，此人足智多谋，或许他能为大王解决这个难题。"赵惠文王不屑地说："你家里的一个小小食客，难道能比我的文武大臣更有智谋？"

缪贤说："奴才也不是平白无故信任他的，他曾帮奴才度过了一次大难关。"

"你说来听听。"

"有一次，我因为得罪了大王，不敢在本国待下去了，打算偷偷地逃到燕国去。这件事被蔺相如知道了，他就劝我不要去，还问我：'你是怎么认识燕王的？'我告诉他说：'我曾经跟随着大王在赵国的边境上

会见过燕王。当时燕王曾经私下握住我的手，表示愿意和我交个朋友。因此，我决定到燕国去投靠燕王。'蔺相如说：'当时赵国强大，燕国弱小，你又是赵王得宠的臣子，所以燕王才愿意和你交朋友。现在你是得罪了赵王逃到燕国去的，燕国本来就怕赵国，我看燕王绝不敢收留你，说不定还会把你捆绑起来送还赵国。到那个时候，你的性命就难保了。你不如脱掉衣服，赤身伏在斧子上面，到大王的面前请求处罚，这样才能得到大王的宽恕。'我听了他的话，照着做了，承大王的恩典，果然宽恕了我。"

赵惠文王说："照你说来，蔺相如是个很有智慧的人。那就叫过来让我见见吧。"

蔺相如出身于赵国一个平民家庭，自幼博学精明，做事果敢，但没有人引荐，求仕无门，见缪贤得宠，便寄居在他那里，做了门客，指望有朝一日得见赵王，受到重用。现在，机会终于来了。

见到赵惠文王，蔺相如说："秦国说要拿 15 城换和氏璧，这个价码是不低的。如果赵国不答应，那么错在赵国。大王如果把和氏璧派人送去了秦不交出城来，那么错就在秦国了。我愿持璧前往，如果秦国交了城，我就把和氏璧留在秦国；如果其中有诈，也请大王放心，我一定要把和氏璧完好地带回赵国。"

赵惠文王虽然不是很放心，但也没有其他更好的办法，只得派蔺相如前往秦国。

肩负重任的蔺相如携带和氏璧来到秦国。

秦王在章台接见他。蔺相如双手捧和氏璧，把它献给秦王。秦王接过璧，左看右看，非常高兴，又依次递给妃嫔、文武大臣和侍从们欣赏。

大臣们一起欢呼"万岁"，向秦王表示庆贺。

蔺相如被冷落在堂下，等了多时，也不见秦王提起交割城池的事，知道秦王想要霸占这块和氏璧。便向前对秦王说："璧上有点瑕疵让我指给大王看看。"秦王就把璧还给蔺相如。蔺相如接过玉璧，后退几步，靠着宫中的大柱子，"怒发冲冠"，对秦王说："大王想要得到这块璧，差人送信给赵王，赵王召集满朝文武大臣商量，大家都说：'秦国贪得无厌，仗着它的强大，想用几句空话，来向赵国骗取和氏璧。'因而商议结果，不打算把璧送来。但我以为一般老百姓交朋友，还都讲信义，不至于互相欺骗，何况堂堂大国的国王呢？而且为了一块璧和强大的秦国伤了和气，那也不好。赵王听了我的话，这才斋戒了五天，在朝廷上亲自把国书交给我，差我把璧送来。这是赵王尊重大王。现在我到了秦国，大王礼节简单，态度又很傲慢，得璧，传给美人，来戏弄我。我看大王无意偿赵王城邑，故臣复取璧。如果大王一定要胁迫我，我情愿把自己的头颅和璧一起在柱子上撞个粉碎。"说着，做出撞柱的样子。

秦王怕摔破和氏璧，连忙表示歉意，叫蔺相如不要误会。然后叫来主管国家版图的官吏，打开地图，把准备换给赵国的 15 座城指给蔺相如看。

蔺相如假作有意似的看了看，说："和氏璧，是天下传颂的宝物，赵王送璧时，斋戒了五天，现在大王接璧应该斋戒五天，举行个隆重的仪式，我才献璧。"秦王考虑这东西终不能强夺，就答应了。然后把蔺相如安置在客栈。

到了客栈，蔺相如就派一个随员，穿着粗布短衣，怀揣璧玉，从小路逃走，把和氏璧送归赵国。

　　过了五天，秦王在朝廷举行隆重的仪式，想接受宝物。蔺相如对秦王说："秦国自穆公以来，前后二十几位君主，从没有讲过信义，我也怕受你的欺骗，所以派人把璧送回赵国去了。秦国是强国，赵国是弱国，只要秦王有真意用15座城池来换和氏璧，就派一个使臣去赵国，赵王不会不答应的。我知道欺骗大王之罪应被诛杀，我情愿下油锅被烹。"

　　秦王闻言大怒，下令当堂支起大锅，欲将蔺相如烹杀。秦国谋臣上谏道："现在把蔺相如杀掉，结果璧仍旧得不到，反而损害了秦国和赵国的友谊，倒不如趁这个机会好好招待他，让他回赵国去，以显大王的仁厚。"于是，款待蔺相如，送其回国。

　　蔺相如回国后，赵王认为他是一位称职的大夫，身为使臣不受诸侯的欺辱，于是封他为上大夫。最后，秦国没有出让城邑给赵国，赵国也始终不给秦国和氏璧。

★大臣有勇气，弱国才有尊严

　　自古弱国无外交。面对强大的秦国，似乎赵国面临的只有屈辱。

　　但蔺相如却以大无畏的精神，在秦国的土地上赢得了一场外交的胜利。

　　秦国多次攻打赵国，遭到顽强的抵抗，秦军一时无法进展。

　　公元前281年，从长远战略考虑，秦昭襄王认为双方相持不下，倒不如先和赵国讲和，腾出力量去攻打楚国。便派使臣到赵国约会赵惠文王在西河外的渑池见面，互相修好。赵王害怕强大的秦国，想推辞不去。大将军廉颇和已经升为上大夫的蔺相如向赵王说："秦王来约大王会谈，如果大王不去，那就是表示我们赵国没有力量，显得太胆小了，还是

去好。"

　　见赵王还是犹豫不决，蔺相如便说："臣愿与大王一同前往，保证您安然无恙。"蔺相如当年智勇双全，"完璧归赵"，在赵王心里留下了深刻的印象，经他这么一劝，赵王也就勉强同意了。临行前，蔺相如又与廉颇商议了行动步骤，廉颇留在国内辅助太子守国。为了防备意外，让大将李牧带兵5000护送，相国平原君调集数万精兵，在边境接应。一切都准备好了之后，赵王和蔺相如在指定的日期到达渑池。

　　渑池相见后，秦王有意侮辱赵惠文王，他在酒席宴上，对赵王说："我听说你喜欢弹瑟，我这里有瑟，请你弹一支曲子给我听听！"赵王也不便推辞，只好弹了一曲。秦王立即叫身边的御史把这件事情写在简上。秦王命令赵王弹瑟，这在外交礼节上，是对赵国的莫大侮辱，传扬出去，赵王将无颜面对诸侯。

　　在一旁的蔺相如自然不会袖手旁观，他急中生智，上前对秦王说："赵王听说秦王擅长奏秦国的乐器，我献上一个盆缶，请你敲敲盆缶给大家快活快活。"秦王听了立即变了色，"你怎敢提出这个要求？"蔺相如端起盆缶走过去，把它献给秦王："现在我离大王只有五步，如果大王不答应我的要求，我将与大王拼个你死我活。"

　　秦昭襄王见蔺相如要拼命，很怕出现什么意外，就接过盆缶，拿起一根小棒，胡乱地敲了几下。

　　蔺相如回过头来，招呼赵国的史官，让他写上："某年某月某日，赵王和秦王在渑池相会，秦王给赵王击缶。"

　　秦国的大臣们说："请用赵国15座城邑给秦王献寿礼。"蔺相如也说："请秦国献上咸阳城，表达对赵王的敬意。"直到酒宴散席，秦王也没有占上风。加上赵国在边境部署了大批军队来防备秦国，因而秦国不敢轻举妄动。

蔺相如不畏强秦，在关键时刻表现得大智大勇，维护了国家的尊严，立了大功。渑池之会后被封为上卿，即宰相。

★以开阔的心胸维系"将相和"的局面

俗话说"功高莫过于救主"。渑池之会的功劳使蔺相如被封为上卿。由于出身低微，从政时间又短，自然遭到同僚的忌妒，廉颇就是代表。一般人遇此可能针锋相对，组织亲近自己的大臣与对方相争。但蔺相如却采取规避的方法，不计小利。这样做，首先，维护了赵国内部的团结，使秦国没有可乘之机；其次，证明了自己的人品，不是追名逐利之徒；最后终于感动了廉颇负荆请罪，使赵国内部获得空前团结。

渑池之会后，由于相如功劳大，被封为上卿，官位比廉颇还高。廉颇说："我身为赵国的将军，有攻城野战、扩保疆土的大功勋，而蔺相如呢，只不过动动口舌，立了点功，竟然位高于我，而且相如本来出身微贱，太使我难堪了，叫我如何忍受坐在他的下首呢！"因此，扬言道："我遇见相如，一定要羞辱他。"相如听到这话后，就不肯和廉颇会面了。每当上朝时，常推说有病，不愿和廉颇去争位次的先后。没过多久，相如外出，远远地望见廉颇，相如就掉转车子回避。于是相如的门客就一起言道："我们之所以离亲别故地追随在您左右，就是仰慕您出众的节义啊。如今您和廉颇官位相同，廉老先生口出恶言，您竟吓得这样躲躲藏藏的不敢露面，未免过分的胆小了，平庸的人对此尚且感到羞耻，何况位居将相的人呢！我们没有这等涵养，请让我们辞去吧！"蔺相如再

三挽留，说："依诸位看，廉将军比秦王还厉害吗？"众人异口同声地答道："当然没有秦王厉害。""秦王如此权威，我尚且敢在大庭广众之下呵责他，羞辱他的群臣。我蔺相如再不中用，难道就怕廉将军吗？但是我想强秦之所以不敢进攻赵国，就是因为有我两人在呀。如今如果我们两个人斗气，就会如两虎争斗一样，哪有两全之理。我之所以避着他，无非是重视国家的危难，轻视个人恩怨。"廉颇听说后，就袒露着上身，背捆荆条，由宾客引着，来蔺相如门前请罪。他说："我是个粗鲁浅薄的人，想不到将军为人如此宽厚。"二人终于结为知交，成为生死与共的朋友。而"将相和"的故事也从此传为千古佳话。

居功臣第一的开国丞相萧何

★刘邦霸业的总军师

只有形成了一个由英雄组成的领导集团，才能最终造就一个新时代。领导艺术的本质，就是一个"知人、用人"。萧何用他超凡的领导才能，为刘邦领导集团的形成奠定了坚实的基础。

秦始皇死后，秦二世胡亥继续残暴统治。

公元前 209 年，陈胜、吴广在大泽乡领导了我国历史上的第一次农民起义。起义的火种迅速波及全国。刘邦与萧何乘机在沛县起事。建立起义军，投入反抗秦朝暴政之中。

从此，萧何成为刘邦夺取江山的最得力的助手，风雨同舟并一直辅佐刘邦成就了创建西汉的伟业。

萧何力助刘邦，从历史的角度来看，他实际上为中国推荐了一位时代英雄。自从沛县起事后，刘邦领导着起义队伍坚持与秦朝官兵作坚决斗争。刘邦深知自己的历史使命，不管是在与项梁、项羽叔侄俩领导的起义军并肩作战过程中，还是后来奉楚怀王之命西进攻秦，刘邦充分显

示出了一个历史人物的英雄本色。他在萧何、曹参、张良、韩信等一批忠臣良将的辅佐帮助下，经过无数次艰苦鏖战，闯过无数道危难险境，终于在公元前207年10月率领10万之众大败秦军，直抵陕西灞上。这时奸臣赵高眼看大势已去，杀死秦二世胡亥，立二世之侄子婴为秦王，而子婴又反过来将赵高诛杀。当刘邦军至咸阳城时，秦王子婴完全无力抵抗，只得率百官素车白马于轵道上向刘邦的军队投降。至此，秦王朝宣告正式灭亡。这使昔日的泗水亭长刘邦成为推翻秦朝暴政的赫赫功臣。

刘邦率大军入驻咸阳后，萧何对时局早有自己的估计。当刘邦及军士将领们皆留恋于秦宫的华丽建筑、宫娥彩女以及奇珍异宝时，萧何却径直去秦丞相府和御史大夫府，将两府中所有有关律令图书尽数收藏起来。这批图书资料在日后刘邦与项羽争霸天下时，对刘邦的胜利起到了非常重要的作用。

按当年楚怀王在彭城军事会议上的约定，刘邦与项羽，谁先入关破秦，谁就为关中王，即秦王。当刘邦先行一步、大破秦军进入咸阳时，项羽也在河北大败秦军，军威大振。为争夺关中王之位，项羽随即率师40万直逼函谷关，怒气冲冲地破关而入，要撕毁当年怀王的约定，消灭刘邦，自立为王。面对强悍的项羽及其强大的军队，刘邦无力对抗，为此，他只得冒险亲赴鸿门宴谢罪，项羽依军师范增之计，让项庄舞剑，以掷杯为号，意欲杀死刘邦。这一次赴宴，刘邦差点丢掉性命，最后亏得项伯和张良等人的帮助才逃出虎口。项羽在鸿门宴上没杀掉刘邦，于是就在分封诸侯王时大耍威风。他强言西蜀、汉中也属关中地区，因此就封刘邦为汉中王，威逼刘邦离开关中富庶之地，把他赶到巴蜀等偏远地方去。刘邦闻之非常气愤，本想与项羽一争雌雄，但萧何及时劝他道："暂时屈居汉中胜于以死相拼。"萧何还给刘邦勾画了一个"收用巴蜀，还定三秦，天下可图"的谋取王权宏图。刘邦在这关键时刻听取了萧何之言，随即拜萧何为丞相，率部去南郑（今陕西汉中）就任汉王。

萧何身为汉王丞相，一则为刘邦勤理政务，二则为其广罗人才。其间，萧何为刘邦推荐了一名日后在争夺天下时发挥了极其重要作用的关键人物韩信。萧何一向唯才是举，既识别人才，又尊重人才，他深知欲夺取天下，没有一批能人和将才辅佐是不行的。起初，韩信在刘邦手下只任治粟都尉（即负责钱粮的一个小官），没被重用，出于失望，韩信也与当时一些想念中原家乡的士兵一道开小差逃跑了。韩信的逃跑本没引起人们的注意。因为当时每天都有不少逃跑的官兵。然而，作为丞相的萧何听到韩信逃跑的消息，竟大惊失色，来不及禀报汉王刘邦就星夜追赶韩信去了。萧何不辞而别，有人将消息奏告刘邦，说："丞相也跑了。"刘邦闻讯大为惊慌，因为萧何从沛县起事至今，早已成为他的左右手，没有萧何，刘邦深知大事难成。过了两天，萧何终于回来了，拜见刘邦后说明了自己离开的缘由。刘邦松了一口气，埋怨萧何说："跑掉的将校已经几十个了，你都没去追，为何偏去追一个无名小卒韩信呢？"萧何答道："那些人都算不得什么，但是韩信却是一个难得的栋梁之材，大王如果仅想当个汉中王，没有韩信尚可，如若想拥有天下，那么没有韩信怕是不行的。大王自己拿主意吧。"在萧何的竭力推荐下，逃兵韩信竟被拜为了大将军。不仅如此，刘邦还接受萧何的建议，选吉日，设坛场，举行了隆重的拜受仪式；萧何为刘邦追回了韩信，实际上是为刘邦夺取江山寻得了一位横扫千军的帅才。

★坐镇后方的总后勤

纵观整个楚汉战争，镇守关中，总管后勤的萧何起了关键的作用。由无数战役、时段组成的战争，说到底是一场经济实力的比拼。一旦缺乏实力的支持，如同只会打而不会挨打的拳师，终归会落败。刘邦立汉后重赏萧何，而且用了猎手与猎狗比喻，不愧为一代开国帝王。惜乎多数的战争看客，只关注前台的"演员"，而忽视了幕后的"老板"。

公元前206年8月，偏居南郑的汉王刘邦听取了大将军韩信提出的"先攻取关中，后图项羽"的建议，"明修栈道，暗度陈仓"，以声东击西之计出兵关中。此计果然奏效，秦降将章邯以为汉王修栈道是欲从栈道重返关中，却不曾料到从陈仓也有一条小路到南郑。这样一来，汉王大军已达关中，而三秦守将却毫无防范，刘邦很快夺取了函谷关以西广大地区，实现了第一步战略目标。随后刘邦挥师东进，正式揭开了楚汉战争的序幕。

楚汉战争在历史上持续了4年之久。其间，刘邦皆亲统大军鏖战在第一线，把后方完全交托给了丞相萧何掌管。刘邦长期在前线作战，军队所需粮草辎重皆需后方及时供应和补充，这样才能保证作战的顺利进行。丞相萧何在多年的楚汉战争中始终是刘邦最坚强的后盾。他办事稳重，治国有方，当初刘邦暗度陈仓直捣关中时，正是他留守汉中，使刘邦得以迅速收复三秦之地，现在汉王东进与项羽争霸天下，萧何再一次奉命留守后方，与太子刘盈一道，坐镇栎阳（今山西临潼东北）。萧何不愧为刘邦之忠臣，他倾注毕生之能治理关中，守住后方。其间，他采取了一系列治国之策，如制定法规法典，整顿社会秩序，修筑宫室及各级衙门府第，设社稷，立宗庙等等。在他的治理下，关中百姓安居乐业，农业生产有了很大发展，每年可以征得大量赋税，能为前线将士及时筹集和输送其所需要的军需和粮饷。刘邦在整个楚汉战争中曾有过多次胜利，同时也经历过惨痛的失败。然而，不论胜利与否，他都能得到一个强大稳固的后方的全力支持，兵员、粮草补充源源不断。因此，他虽与项羽作战，屡战屡败，却总是败而不垮，死而后生。公元前205年4月，刘邦率部56万跨过河南全境，攻入项羽的都城彭城。此时项羽正在北方与田荣叛军作战，听到刘邦已打到了东边并占领了彭城的消息，即刻抽调3万精兵赶回彭城迎战。两军于彭城东郊展开决战，项羽的3万精兵大败号称50万大军的刘邦，汉军全线溃败，逃至谷、泗两河之中，一下淹死10多万人。楚军乘胜追击，将刘邦军队追至灵璧以东睢水河中，又砍杀、挤压、淹死10多万人。此时刘邦完全陷于重重包围之中。当形势非常危急时，幸得天空突然刮起一阵巨大的西北风，狂风迎面向楚军袭来，一时飞沙走石，日月无光，楚军顿时乱了阵脚，刘邦这才趁机带着几十个部将和侍卫骑马逃脱了。刘邦这一败几乎是全军覆没，他坐着太仆滕公驾的马车一直向西北逃跑，跑过沛县老家时，自己的亲眷也逃散了，后来在半道上救回他的儿子孝惠和女儿鲁光，但他的父亲和妻子却为楚军所俘。他马不停蹄逃到下邑（今河南夏邑），召集了一些残兵败将，又继续向西直至荥阳（今河南郑州以西）才最终稳住脚跟。刘邦遭此惨败，按常理来说已再无力与项羽抗衡了。然而事情并非如此，在刘邦逃至荥阳后，丞相萧何及时调集了后方所有军饷物资送到前线来，并将关中所有军士，甚至连不合服役年龄的老少人员也都征集起来，送到前线，供刘邦指挥作战。这样一来，汉军得到了及时补养，很快就

重新振作起来，并在荥阳南打败了楚军的进攻，使之不能再往西进。此役，萧何在刘邦一生最关键的时刻极尽丞相之职，忠贞不贰，为其重振军威、东山再起奠定了基础。萧何挽救了刘邦，实则也是争得了西汉王朝。其后，刘邦虽由于楚军对荥阳围困日久，粮草小济，只得施金蝉脱壳之计，从荥阳逃到成皋（荥阳市境内），并最后退入关中。退入关中后，刘邦在萧何的全力支持下，重整军队，再次从宛（河南南阳）、叶（河南叶县）一带领兵东出，乘项羽回军攻击彭越军之机，再次占领成皋，并驻军于修武、荥阳之间的广武，与闻讯回师赶来的项羽军形成对峙局面。此后，刘邦与项羽曾多次交锋，各有损伤，而萧何始终对刘邦忠心耿耿，全力支持，甚至将自己家人子弟数十人，都送到前线跟随刘邦打仗，这使刘邦对萧何更为放心，一扫后顾之忧，集中精力对付项羽。最后，持续4年的楚汉战争以项羽自刎乌江、刘邦君临天下而告结束。从历史上看，项羽失败有他喜猜忌、不知人善任的原因，然而还有另一个更重要的因素，那就是项羽始终没有一个稳固的后方，他的军需粮草经常受到驻在下邳（今河南邳州市东）的彭越军的骚扰。在整个楚汉战争中，项羽自始至终都处于东、西两面作战的处境，这是军事战争中的大忌。而最后，他也正是败在西面刘邦、北面韩信、南面彭越的合围之中。从项羽的失败中，我们可以更清楚地看到萧何在楚汉战争中所起的重要作用。对此，刘邦曾给予萧何充分的肯定。公元前202年5月，刘邦即皇帝位，在洛阳南宫大宴开国元勋，并封赏功臣，此时，他毫不隐晦地说："运筹帷幄之中，决胜千里之外，朕不如张良；镇国家，抚百姓，供军需，给军食，朕不如萧何；指挥百万大军，战必胜，攻必取，朕不如韩信。这三个人都是人中豪杰，朕能用他们，故能够得天下。"然后，

刘邦又用猎人与猎狗的关系作比喻来赞扬萧何，他说：在前线攻城略地的将士犹如猎狗，而萧何则是"放猎狗追捕、指示野兽行踪的猎人"，如果将两者进行比较，那么萧何较之那些将士，其功劳当然应更大一些。当时朝廷有一个名叫鄂千秋的人将萧何的历史功绩阐发得更为清楚，他历数萧何的功劳，说："皇上与项羽对峙 5 年，常常全军溃败，只身逃脱，全靠萧何从关中派遣军队来补充。有时，就是没有皇上的命令，萧何也一次派遣几万人，正好应了皇上的急需。楚汉在荥阳相峙数年，军粮毫无积存，全靠萧何水陆运送关中粮食，军队才不致匮乏。皇上几次败退，失掉山东，全靠萧何保全关中，皇上才能重整旗鼓。这些都是创立汉家天下的万世之功。"正由于萧何在楚汉争霸战争中起了非常关键的作用，因此刘邦在封赏时给萧何的份额是最多的，封地也最大，而且上朝位次也排在最前面。另外刘邦还特许萧何佩剑上殿，免去其上殿后像其他大臣那样遵循的某些上殿礼仪。不仅如此，刘邦还另外加封萧何两千户封邑，回报萧何早年资助他 200 钱的恩德。刘邦如此厚待萧何应该说并不过分，萧何不仅为他争夺天下出了大力，而且是他登基后治理天下不可缺少的最得力的助手。

★安邦定国的柱石

西汉王朝建立后，功勋卓越的萧何成为开国宰相。他恪守自己的职责，为汉政权、为百姓做了大量实事，并在临终前推荐继承相国人选时宽容大度，不愧为一代人杰。

但从月下追韩信、筑坛拜韩信、设计杀韩信来看，萧何当属以突出政治为目的的典范。民间流传着"成也萧何，败也萧何"的俗语，似乎

是对萧何与普通人有无共同人性的迷惑。刘邦在位 12 年，其间萧何一直为丞相。作为开国丞相，萧何为刘邦江山社稷的稳固安定，劳尽心力。

　　首先，他帮助刘邦制定《汉律》九章——治国安邦之大法。此法是在秦律基础上去掉夷三族和连坐法，增加了兴律、户律和厩律三章而修成。此法的实施巩固了中央集权，对汉朝开国后社会政治、经济的稳定起了重要作用。萧何还协助刘邦实施了一系列安民富国的新政策，如重农抑商、轻徭薄赋、释放奴婢、招抚流亡等，使经过战乱的广大农民重新回归田里，安居乐业，使整个社会经济得到迅速恢复。

　　其次，身为丞相的萧何始终维护刘邦所建立的刘氏王朝的权威和统一。刘邦在位期间，曾面临外患内忧的干扰，面对北疆匈奴的威胁，他采取了联姻和亲政策予以化解，解除了外患。在内忧方面，刘邦则一直担心一大批握有重兵且被封地的 7 个异姓诸侯王的反叛。当年刘邦为了笼络人心，曾分封了 7 个异姓诸侯王，即齐王韩信（后改封楚王）、梁王彭越、淮南王英布、赵王张敖、韩王信、燕王臧荼、长沙王吴芮等，但后来他逐渐感到这些异姓王的存在，是对中央政权的潜在威胁。为此，刘邦即位后，对这些异姓王进行了逐一清除和翦灭，在这一清除功臣和异己力量的过程中，萧何出于对国家统一的考虑，始终是支持刘邦的。如齐王韩信是楚汉战争中的功臣，但也是刘邦最大的心腹之患。早期韩信曾统领北方齐地的军队，重权在握，因此，当项羽一被歼灭，刘邦就在定沟只身闯进韩信的营垒，用突然袭击的手段，收取了他的印信和兵权，并改齐王韩信为楚王，将韩信的部队一下子全夺走了。公元前 201 年，有人上疏说楚王韩信欲反，刘邦又采用陈甲之计，假装到南方云梦游猎而诱捕了韩信，并将韩信带上刑具，押上囚车带回洛阳。韩信被捕

时仰天叹道："果然如人所言：狡兔死，走狗烹；飞鸟尽，良弓藏；敌国破，谋臣亡。"回洛阳后，刘邦因没有充分理由杀韩信，就改封他为淮阴侯，实际上又剥夺了韩信楚国的兵权。公元前 196 年，巨鹿郡守陈豨公开反叛朝廷，自立代王，刘邦亲领军队镇压。这时，留守朝廷的吕后和萧何闻知韩信暗通陈豨，准备在京城起事，吕后无计，就请萧何拿主意。韩信是当年萧何极力推举而使之成为楚汉战争中的英雄，但当他欲与刘邦闹对立时，萧何对其则毫不手软。为抓住韩信，萧何心生一计，派一人假装从前线汉王那里回来，报告说陈豨已被活捉处死，因此他和吕后就通知朝中百官进宫庆贺。萧何为防止韩信托故不到，还亲自登门欺骗韩信说："你虽然有病，还是勉强去祝贺一下为好。"话中既有关心，也有某种威慑成分，由此，韩信只得进宫。当韩信一跨进宫门，即刻就被吕后的武士绑缚起来，随即将他带至长乐宫的钟室斩首，并被灭除三族。萧何除掉韩信，消除了刘邦最大的心患，征战在外的刘邦闻知，则"且喜且怜之"，马上派使臣驰返长安，进拜萧何为相国，加封 5000 户，并派 500 名士兵日夜保卫萧何。刘邦此举，一则是对萧何的奖赏，二则也是对萧何的防范。萧何心领神会，在一谋士召平的劝说下，萧何谢绝了封赏，并捐出全部家产以作军资，这才使征兵在外的刘邦有所放心。

萧何不仅为刘邦立法、平叛，稳定朝纲，他的最大功绩实际上是恪守相国之职，大公无私，勤勤恳恳地为老百姓办实事，竭尽一国丞相所应尽的责任。他为相多年，深受老百姓的信任和爱戴。

萧何为官清廉，死后没有给自己的子孙留下什么田宅家产。他的高尚品德和超群才智，始终为后人所景仰和仰慕。

第六章

历史上韬晦智臣这些事儿

老子《道德经》曾言：功成而弗居，夫唯弗居，是以不去。中国自古以来就有"伴君如伴虎"之说，因为君王总是担心自己的宝座被别人抢走，首先要提防的自然是有能力、有功劳的人。能认识到这一点并以此自戒的人才称得上真正的智者。

位列"云台二十八将"功臣之首的邓禹

★光武帝的契友

邓禹投奔刘秀时，正是刘秀开创自己势力的开始。面对其他兵强马壮的群雄，刘秀几乎什么也没有。邓禹冷静地给刘秀分析了形势，从长远考虑提出了发展自己势力、延揽人才、争取民心的政治主张。这些都成为以后刘秀夺取天下的根本策略。

邓禹是南阳郡新野人，在长安从师学习时认识刘秀。两人都有才学见识，脾胃相投，成为契友。

王莽篡汉建立新朝以后，社会矛盾日趋尖锐。王莽的"托古改制"违反了经济规律，给社会经济造成极大混乱，"农商失业，食货俱废"，加上连年灾荒，百姓纷纷揭竿而起。新莽天凤四年（公元17年），在距刘秀家乡不远的绿林山（今湖北随州大洪山）就爆发了王匡、王凤领导的饥民起义，号称"绿林军"。次年，在今山东境内则爆发了樊崇等领导的"赤眉军"起义。天下大乱，仕途无望，刘秀、邓禹等人便自长安返归故里——南阳郡。

当各地义兵纷起，有才干的人都乘机一试身手，施展抱负时，蛰伏家乡的奇士邓禹却没有贸然行动。这时，他年方20岁，心中暗思：大丈夫相时而动，如果所托非人，满腹的才华谋略就会付诸东流、无从施展。刘玄称帝后，绿林军势力发展很快，邓禹的家乡新野也为其所占据。许多了解邓禹学识的人都劝他加入绿林军，一展宏图。但邓禹见刘玄乃平庸之辈，绿林军诸将胸无大志，散漫放纵，像一群乌合之众。他认为，这样的帝王和将士无法承担平定天下的大任。昆阳之战，刘秀初露锋芒，邓禹得知后，觉得自己没有看错人，但他仍没有投奔这位契友，因为刘秀尚在刘玄手下，受制于人，也难有一番作为。直到听说刘秀任破虏将军兼行大司马事去了河北，邓禹觉得施展抱负的机会到了，这才急速赶来与刘秀相会。

刘秀面对多年未见的朋友，对他的突然光临难免心存疑惑，便激将他说："我现在有专封专任之权，你远道而来，难道是想做官吗？"邓禹摇摇头，微笑地说："否。"刘秀很奇怪，于是又问道："你既不想为官，那么风尘仆仆到我这支孤军里来，难道只为了叙旧？"邓禹面色庄重地回答："我来这里，只希望你的威信恩德能够遍于四海，我可以尽我微薄之力，使你的功名留传于史册。"刘秀颓丧地说："当初起兵，尚想有一番作为，如今我效命于更始皇帝，势力微弱，会成什么气候？"胸有成竹的邓禹见刘秀有些气馁，沉默片刻，便带着笑容为他打气，冷静地给他分析形势，希望他撇开刘玄的旗号，独立发展自己的势力。他向刘秀陈以利害，说："刘玄虽然在洛阳定都，并攻下了长安，但现今广大东部地区尚未平定。各路群雄，占城据地，刘玄内部不稳，他是庸才一个，根本控制不了大局。其部下只知道掠夺钱财，寻欢作乐，刘玄身边没有一个是深谋远虑、忠良明智之人，更谈不上安定四方。你如今不如乘势而起，如果老是在刘玄的辖制下，辅佐这样一个无能皇帝，会有什么作为呢？"

接着，邓禹向刘秀陈述方略："中兴大业，不是一般人所能胜任的。你是非凡之人，要成就大业，不如现在就作打算，广泛延揽英雄，尽力取悦民心，建立像汉高祖那样的功业，拯救万民于水火。你的德才，足以谋取天下。"

刘秀听了邓禹的建议，恍然觉悟，连连称是。他感到有深谋远虑的邓禹辅助他，是天佑于己。随即，他命左右称邓禹为"将军"，把他当作军师看待，常留他同宿，商讨军情，制定谋略。从此，刘秀决心参与群雄逐鹿，争夺天下，并把"延揽英雄，务悦民心"作为他夺取天下的根本策略。

在以后的征战中，邓禹作为统帅为东汉政权的建立立下了汗马功劳，应该说，邓禹成为最有资格在新政权里享受这些功劳的人。

★恬然自守的开国元勋

东汉政权一统天下后，邓禹作为一名从一开始就扶助刘秀的重臣，位高权重。他从前朝汉高祖杀戮功臣中吸取教训，深知"功高震主者危"的道理。没有将自己沉浸在开国元勋第一功臣的盛名中，而是居安思危，退避名位，收敛锋芒，将自己的政治天赋和日臻成熟的政治经验与自己一起隐藏。在东汉初年的政治舞台上不做任何建树，以避免刘秀的猜忌。同时，他还教养子孙，整饬家规，恬然自守。这种明智的姿态使上无猜忌，同僚不嫉妒，小人无可乘之隙。不仅明哲保身，而且惠及子孙后代，

可谓智者。成为后人效仿的榜样。

建武十三年（公元 37 年），自王莽后期就纷乱的天下终于沉寂了下来。为了表彰那些南征北战、佐定江山的功勋之臣，刘秀大加封赏，增其食邑。邓禹以佐命元勋改封高密侯，食邑 4 县。

但刘秀为了堵塞少数位尊权重的大臣把持朝政的前朝弊端，加强皇帝个人的权力，对功臣实行以列侯奉朝请的政策，即让他们享受优厚的待遇，而不参与政治。当时功臣能够参议国家大事的仅邓禹等 3 人。这说明刘秀对邓禹的钟爱和对其才干学识的借重。但邓禹并不以位极人臣、功成名就自喜，从不居功自傲。邓禹深知刘秀不愿让这些功臣拥众京师，高居官位，威胁他的皇权，便主动辞去右将军职位。尽管刘秀令他参与朝政，还常召他入宫中参议国家大事，但邓禹尽量少言多听，收敛锋芒，自我谦抑。他退避名位，在府中悉心读儒学经书，借以自娱。其时，邓禹正当壮年，在政治生涯中却这样过早萎谢了，以至在东汉初年的政治舞台上没有任何建树，这与他的政治天赋和日臻成熟的政治经验形成强烈的反差。

邓禹生活远避奢华，从不倚仗权势搜刮钱财。他在家中的一切用度都取之于封地，从不经营财利和田地以聚敛财富。

在君王和同僚面前，邓禹从不提往年的功劳，保持谦虚的态度。一次朝宴，刘秀大会功臣，问他们："你们如果没有遇到我，爵位会不会像今天这样高？"邓禹回答说："我在少年时代曾读诗书，可以当州郡的文学博士。"刘秀笑笑对其他人说："邓禹未免太谦虚了。"正因为邓禹的谦逊态度和仁厚淳朴，或者说明哲保身，他赢得了刘秀的信赖和敬重。中元元年（公元 56 年），刘秀打破不让功臣担任宰相的惯例，以邓禹出

任代理大司徒之职。

邓禹不仅自己远避名位，深居简出，还悉心教养子孙，整饬家规，不让他们以功臣之子孙自居，躺在前辈的功劳簿上坐享其成。邓禹有子女13人，他都让他们每人学一门安身立命的本领，并教育子孙后代，男儿必须读书，女子则操作家事，邓禹的这些做法被后世的士大夫认为是可以效仿的榜样。邓禹的后代在东汉累世贵宠，家族中共出了侯29人，公2人，大将军13人，中二千石者14人，列校22人，州牧、郡守48人，其余像侍中、将、大夫、郎等官职者不计其数。这恐怕与邓禹的教育不无关系。这似乎给后人这样一个启示：对富贵能谨守者，富贵反而更长远。

中元二年（公元57年），刘秀死，其子刘庄立。因邓禹是东汉开国元勋，遂被刘庄封为太傅，位居郡国上公，备受尊重。其他大臣都面北朝见天子，而刘庄对邓禹尊如宾客，让他面东站立，不需行君臣大礼。水平元年（公元58年）五月，57岁的邓禹病逝，谥为"元侯"。

有退敌之大勇又有保身之大智的郭子仪

★单骑退敌的大将风范

在安史之乱被平定后，天下局势其实还远远没有廓清，当此时，曾在安史之乱"一身系天下安危"的郭子仪，理所当然地又要承担起平天下的重任了。因此，在仆固怀恩联合吐蕃和回纥再次发起叛乱时，郭子仪积极主动的备战迎战。

仆固怀恩是铁勒部人，曾在安史之乱中随郭子仪征讨叛军，立下赫赫战功。后来，仆固怀恩因为受到朝廷的猜忌而叛乱，领兵占领了并州、汾州等地（今山西汾水中游地区），代宗对此十分忧虑，考虑到仆固怀恩手下将士多为郭子仪旧部，便派郭子仪兼任河东副元帅、河中节度使，镇守河中（今山西永济）。仆固怀恩的儿子仆固场被部将所杀，手下人都归顺了朝廷，仆固怀恩害怕了，扔下母亲逃到灵州，接着招引吐蕃、回纥、党项共数十万人马入侵。朝廷惊恐万状，又急命郭子仪屯兵奉天。代宗问郭子仪有何良策，他胸有成竹地回答说："没什么大不了的，仆固怀恩本来是我部下的偏将，虽然刚毅勇敢，但不得军心。现在

之所以能够作乱，是因为他引诱了一些想回长安的人，劫持他们一起来，这些人也都是我过去的部下，平时我以恩信相待，他们怎么能忍心和我刀兵相见呢？"代宗心稍宽。不久乱军前锋抵达奉天，将士们请求出击，郭子仪说："敌军深入内地，欲图速战速决，我们不能让敌人阴谋得逞，仆固怀恩的部下平常都感激我对他们的好处，我缓和一下，不立即和他们交战，他们就会分崩离析。"于是下令："谁再鼓噪出战，军法从事！"郭子仪的部队只在营垒中坚守，拒不出战，敌人也果然逃走了。

郭子仪回到长安，受到了很高的礼遇，得到很多赏赐，同时被升为尚书令。尚书令是尚书省之首，主管全国的行政事务，因为事权过重，同时因太宗李世民在即位前曾任此职，皇帝一般不授此职给大臣，大臣也不敢接受。郭子仪此前曾推辞过太尉封衔，此次也不例外，照样推脱。代宗不同意，下诏让他尽快到尚书省衙门理事，命文武百官前往庆贺，还令500名骑兵执戟护卫。郭子仪坚决辞让，说："我朝太宗曾任此职，所以好几朝都不设尚书令，哪能为了我一人而坏了国家规矩？自从用兵平叛以来，得到非分赏赐的人很多，直到身兼数职，只顾高升，不知羞耻。国家的规章制度、官吏的作风都日渐败坏，贪功冒进的人多，廉洁谦逊的人少，德薄的高居尊位，功少的获得厚赏，这样的情况数不胜数。我每见到这种情况，都引起无限的忧虑。现在正是皇上建立法规、审核百官的时候，我一定要身体力行，带头改变这种浮薄的风气，或许我的些微举动可以对兴复礼让的风气起一些推动作用。"代宗只好同意，并把郭子仪辞尚书令的事向史官陈述，载入史册。同时赏给郭子仪舞女、侍卫，以示表彰。

永泰元年（公元765年），仆固怀恩再一次联络吐蕃、回纥、党项、羌、浑、奴刺等西北各部族共计30万人马入侵。途中，仆固怀恩患暴

病而亡，但他的部将范志诚却领兵大举进攻泾阳（今陕西泾阳），吐蕃兵进逼奉天。代宗急忙下令各道节度使火速派兵勤王，他亲任统帅，令郭子仪屯兵泾阳，白元光率军进屯奉天，并调泽潞节度使李抱玉镇凤翔（今陕西凤翔），渭北节度使李光进移守云阳（今陕西淳化），镇西节度使马璘及河南节度使郝廷玉驻便桥，淮西节度使李忠臣守东渭桥，同华节度使周智光屯同州（今陕西大荔），这几路大军的屯扎以渭水为凭借，形成一条防线。此次代宗应对得当，得力于吐蕃出兵之前郭子仪对形势的判断。那时，郭子仪看出吐蕃对长安的威胁，特派行军司马赵复奏告代宗，建议让这些节度使带兵据守交通要道，代宗就据此作出了布署。

郭子仪赶到泾阳的时候，敌军已完成了对泾阳的包围，而他手下只有1万军队。郭子仪派部将李国臣、高昇、魏楚玉、陈回光、朱元琮各挡一面，自己率领两千铁骑在阵中出入往来。回纥兵大吃一惊。

第二天，郭子仪派部将李光瓒前往敌营，痛斥回纥破坏和约、背信弃义。回纥首领药葛罗说："昨天往来阵中的大将是谁？"李光瓒说："是令公郭子仪。"药葛罗诧异地说："郭令公还活着吗？仆固怀恩说唐朝皇帝已死，郭令公也死了，中国无主，所以我们就跟着来了。郭令公现在活着，唐天子也在吗？"李光瓒说："天子非常健康。"回纥明白了，说："仆固怀恩是在欺骗我们啊！"李光瓒接着义正词严地说："过去回纥不远万里来和唐朝一起讨伐大奸大恶的安史父子，帮助唐朝收复两京，与我们同甘苦，共患难，现在你们却抛弃了过去的友谊，去帮助叛臣仆固怀恩，这是多么愚蠢啊！像仆固怀恩这样背叛朝廷、连自己的母亲都抛弃了的人，对回纥又有什么益处呢？现在仆固怀恩已遭天殛，郭令公在此屯守，如果你们愿意讲和，我们双方可以联合打击吐蕃；你们要想较

量一番，现在就约定日期，我们在战场上见！"药葛罗仍然有些狐疑，片刻的沉默无语以后，他说："本来听说令公已经去世，不然的话，我们怎能到这里来。如果现在郭令公真的还活着，我们可以见一见吗？"李光瓒回去以后，将情况如实禀报郭子仪。郭子仪说："现在敌众我寡，我们很难以力制胜。我大唐对回纥向来不薄，根据当前形势，我们只有加强攻心，方为上策。我亲自去会一会药葛罗，向他们陈明利害，希望他们退兵，争取不动干戈。"部下为郭子仪的安全担心，请他带五百精骑。郭子仪说："五百骑兵怎能抵挡十万军马？那样反倒会给我惹麻烦。"他的三儿子郭晞连忙说："回纥心性不准，难于摸透，大人身为国家元帅，不应轻易冒险。"郭子仪说："目前回纥如果进攻，我们父子都会牺牲，国家前途也不堪设想。现在我去向回纥说明和好的诚意，使双方和睦相处，不仅利国，也有益于个人。假若药葛罗顽固不化，我为国捐躯，死亦无憾。"

　　郭子仪上马扬鞭，奔向回纥大营。在距离回纥营帐不远的地方，卫士前去通报，说："郭令公来了。"药葛罗一见郭子仪只带了些随从人员，立即解下铠甲，上前迎接。郭子仪也摘了头盔说："我和诸位同甘共苦好长时间了，为什么这样不讲情谊呢？回纥过去为大唐立功，朝廷待你们不薄，每年给你们送粮食和金帛。现在为什么自负盟约，入我内地，杀我百姓，夺我财帛呢？你们这样做是弃前功，结后虑，背恩德，助叛逆。希望你们认真考虑，立即悬崖勒马，不要以为我们软弱可欺。"药葛罗后悔地说："都是我们不对，我们上了仆固怀恩的当，我们决不会和令公作对的，请你放心。"郭子仪紧接着又说："吐蕃和大唐本来是甥舅关系，现在吐蕃来入侵，这是抛弃自己亲戚的行为。吐蕃掠夺的马牛满山遍野，覆盖了几百里的地方，你们如果反戈一击，攻打吐蕃，好像

弯腰拾取一棵小草一样，这是天赐良机，不可失去。这样做既可以得到巨大的物质利益，又能和大唐保持以往的友好关系。岂不两全其美？"药葛罗说："说得对！"郭子仪当即请大家来一块儿饮酒，送给他们锦彩缎匹，以缔结友谊。席间，郭子仪和药葛罗互相盟誓，互结友好。第二天，药葛罗专门派部将石野那拜谒唐代宗，表示双方和好的决心。

吐蕃对此事起疑，连夜领兵退去。郭子仪派白元光和回纥合兵一处，跟踪追击，大部队在后紧跟，在灵台（今陕西灵台）西原打败了吐蕃的10万军队，斩首5万级，俘虏1万蕃兵，把被吐蕃抢走的男女人口、牛羊马匹、骆驼全部夺回。

此一战大获全胜，与回纥联盟，瓦解吐蕃，仆固怀恩勾结纥、吐蕃反叛朝廷的图谋彻底破产。

★谨慎避祸的智者手段

郭子仪所以让府门敞开，是因为他深知官场的险恶。正因为他具有很高的政治眼光又有一定的德性修养，善于忍受各种复杂的政治环境，因此即使在自己功勋卓著的日子，也时时做好准备，应付那些藏在暗处却随时可能发生的危险。

郭子仪因平定安史之乱而立下大功，爵封汾阳王，王府建在首都长安的亲仁里。汾阳王府自落成后，每天都是府门大开，任凭人们自由进进出出，而郭子仪不允许其府中的人对此给予干涉。

有一天，郭子仪帐下的一名将官要调到外地任职，来王府辞行。他知道郭子仪府中百无禁忌，就一直走进了内宅。恰巧，他看见郭子仪的夫人和他的爱女正在梳妆打扮，而王爷郭子仪正在一旁侍奉她们，她们一会儿要王爷递毛巾，一会儿要他去端水，使唤王爷就好像奴仆一样。这位将官当时不敢讥笑郭子仪，回家后，他禁不住讲给他的家人听，于是一传十，十传百，没几天，整个京城的人都把这件事当成笑话来谈论。郭子仪听了倒没有什么，他的几个儿子听了却觉得大丢王爷的面子，他们决定对父亲提出建议。

他们相约一齐来找父亲，要他下令，像别的王府一样，关起大门，不让闲杂人等出入。郭子仪听了哈哈一笑，几个儿子哭着跪下来求他，一个儿子说："父王您功业显赫，普天下的人都尊敬您，可是您自己却不尊重自己，不管什么人，您都让他们随意进入内宅。孩儿们认为，即使商朝的贤相伊尹、汉朝的大将霍光也无法做到您这样。"

郭子仪听了这些话，收敛了笑容，对他的儿子们语重心长地说："我敞开府门，任人进出，不是为了追求浮名虚誉，而是为了自保，为了保全我们全家人的性命。"

儿子们感到十分惊讶，忙问其中的道理。

郭子仪叹了一口气，说道："你们光看到郭家显赫的声势，而没有看到这声势有丧失的危险。我爵封汾阳王，往前走，再没有更大的富贵可求了。月盈而蚀，盛极而衰，这是必然的道理。所以，人们常说要急流勇退。可是眼下朝廷尚要用我，怎肯让我归隐，再说，即使归隐，也找不到一块能够容纳我郭府一千余口人的隐居地呀。可以说，我现在是进不得也退不得。在这种情况下，如果我们紧闭大门，不与外面来往，只要有一个人与我郭家结下仇怨，诬陷我们对朝廷怀有二心，就必然会有专门落井下石、妨害贤能的小人从中添油加醋，制造冤案，那时，我们郭家的九族老小都要死无葬身之地了。"几个儿子听了，都拜倒在地，佩服父亲的思虑之周详。

第七章

历史上名将名帅这些事儿

战争，是解决问题的最后手段，也是决定性的手段。在决定战争胜负、国家存亡的关键时刻，拥有一位深谙战争指挥艺术的将帅是制胜的法宝。在中国历史上，涌现了不少这样的将帅，他们以卓越的临战指挥才能创造的一个个经典的战例，千百年来令后人叹为观止。

以十三篇兵法创造辉煌的"兵圣"

★以严治军的故事

有法必依，责更从严，历来是治军治国的通则，何况军令如山倒是任何力量不可抗拒的。面对不听指挥的宫女，孙武以斩杀吴王宠姬的方法来威震不守纪律的其余宫女，最终完成了对宫女的军训，更捍卫了军法的尊严。

公元前515年，在伍子胥、专诸的帮助下，吴国公子光袭杀了吴王僚自立为王，号为"阖闾"。之后，勤俭治国，发展生产，广揽人才。吴国因此政治清明，人民安居乐业，生产得到发展，国力不断增强。孙武看到所居的吴国百业俱兴，欣欣向荣的景象，心中产生了在吴国施展军事才能的愿望。为得吴王阖闾的赏识，完成了兵法十三篇的写作，经伍子胥的推荐进献吴王。

吴王研读过后，提出要孙武以宫女来演示一下怎么训练军队。孙武说："宫女多不严肃，恐怕认真演练起来，君王会后悔。"阖闾当时只想以兵法做做游戏，同时也戏耍一下宫中的妇人，没想到会有什么严重的

后果，因此答应孙武说："没有什么值得后悔的。"于是，孙武便和吴王约定了练兵的时间，并挑选了一批宫女。

当约定的时间到来时，孙武与吴王同时来到吴宫的苑囿中。孙武把选来的一百八十名宫女分作两队，以吴王宠爱的两名妃子担任两队的队长，并指定了负责执行军法的人。随后，孙武站在指挥台上指挥两队宫女向右操练。鼓声响起之后，宫女们都觉得新鲜、有趣，都嘻嘻哈哈地大笑起来，没有听从孙武的指挥。孙武见此情景，自责了自己的规定不明确，又把军法军令和操练要领仔细交代了一遍，还特意训示了两位队长，要求她们带头听从号令。交代完毕后，孙武亲自操槌击鼓，发令向左前进。两队宫女们仍然嬉笑不已，视操练如儿戏。

孙武面对着宫女们的嬉笑，严肃地说："规定不明确，说明不清楚，这是将帅的罪过；既然已经反复地说明了，你们仍不执行命令，那就是下级士官的罪过了。"说完孙武寻问执法官，不服从军令应该判什么刑，执法官答道："斩首。"于是，孙武下令处斩左、右二位队长。吴王在看台上看到要杀自己宠爱的妃子，大为惊骇，急忙派人传下命令说："寡人现在已知道将军善于用兵了。没有这两个美姬侍候，寡人就会食不甘味，还是不要斩首吧！"孙武严肃地说："臣既然已受命为将，将在军中，君命有所不受。"说完便杀了两个队长示众，并用下一名宫女担任队长，继续进行演练，宫女们这时便不敢再将操练视如儿戏了，随着鼓声的响起，宫女们前、后、左、右，进退回旋，跪下站起，都合乎规范要求。于是，孙武向吴王报告说："队伍已训练整齐，君王可以下来视察。这支军队君王无论怎么调遣都行，就是赴汤蹈火也不成问题。"吴王示意请孙武回去休息。孙武听了这话，知道吴王怒气未消，便淡然视之说：

"君王似乎只是爱好兵法的词句罢了，并不是想真正去实行。"说完，便回到自己的馆舍。

吴王失去了二姬，好几天心情不悦。伍子胥向吴王进谏说："用兵是件关系到国家安危的大事，是不可当作游戏的，现在君王欲讨伐强楚以求争霸诸侯，正求贤若渴，而孙武又是不可多得的将兵之才，要想远涉千里作战，非孙武不行。"经过伍子胥的开导，吴王抛却了杀姬之恨，亲自去挽留孙武，请他充当统帅三军的将军。孙武见到吴王后，也向吴王谢了罪并解释说："令行禁止、赏罚分明是兵家的常法，为将治军的通则，用众以威，责吏从严，只有三军遵从法令，听从指挥，才能克敌制胜。"吴王听了孙武的解释，不仅怒气烟消云散，而且深信孙武确实是难得的将兵之才。此后，吴王便经常与孙武一起讨论治军治国之道。

★疑楚疲楚的攻击战略

孙武是站在早日破楚入郢的战略上，将战术与战略有机结合，打击吴国最大的对手楚国。

据悉，当代的商界人士面对激烈的市场竞争也多有求助于孙子兵法。孙子的军事思想影响所及，已远非局限于战争，它是留给人类的一笔巨大的财富。

对于吴国来说，楚国是十分强大的对手。吴王阖闾在发展生产，增强国力的同时，经常与孙武、伍子胥等人一起商议如何加强战备，谋划破楚大计。伍子胥就如何加强战备的问题，向阖闾提出在国都附近建筑坚固的城堡来防御邻国的侵略，同时建议将吴军编为三军，轮番骚扰楚国，以疲惫楚军，并以孙武加紧训练吴国的军队。孙武训练军队时认真

刻苦，使用真正的锐利武器，因而使士兵经受了实战的考验，培养出了勇敢顽强的精神；在军队的管理方面，孙武接受伍子胥的建议，调整了吴国军队的编制，将吴军改编成三军，加强了陆战的训练，以适应战争的要求。公元前512年，阖闾为巩固自己的政权，清除余党，决定要将在自己发动政变时投奔徐和钟吾（今江苏宿迁市东北）未回的二位王室公子掩余和烛庸追杀掉。阖闾下令让徐与钟吾将他们两人拘捕送给自己发落，但这两个小国没有从命，而是将两位公子驱逐出境。两位公子在走投无路的情况下投向敌国楚国。楚人得此两人后，如获至宝，把他们安顿在养（今河南沈丘县东南），同时还为他们筑城，并将城父与胡（均在养之东）的土地送给两公子，作为他们的封邑。吴王阖闾十分清楚，楚国此举的用意是想利用两位公子，把养邑作为牵制抵抗、进攻吴国的前沿阵地。因此，吴王决定发动攻克养城的战争。

　　阖闾以孙武为将，下了攻克养城的决心。这一仗是孙武初试兵锋的一场战斗，因此，孙武在战前认真分析了敌我双方的形势。孙子认为，养邑一战，阖闾的目的一方面是擒杀掩余和烛庸两公子，消除自己政治统治的隐患；另一方面还在于清除淮水北岸的楚军势力，为日后破楚入郢扫清障碍。因此，孙武向阖闾提出了"疑楚疲楚、攻克养城"的战略方针。在战术实施时，孙武将吴军分编成三军，同时将战斗分两个阶段进行。第一个阶段为佯攻潜六（今安徽六安市一带），同时伐夷（城父）。孙武以第一军兵力佯动伐夷来拉开攻克养城的帷幕。吴军从本国出发，向城父进军。在佯攻不克后，吴军便兵锋一转，南下渡过淮水，直驱500余里，攻打潜、六二地；当楚军的增兵即将到达时，吴军便撤退待命，不与楚军正面冲突。

161

楚军见吴军撤走，便将部队驻扎在南冈（今安徽潜山市）。孙武这时调动他的第二军人马自淮水而上，疾行军数百里直扑楚之战略要地弦邑，将弦邑包围。这样，楚军不得已再次派援军急救弦邑。当楚军即将赶到弦邑时，孙武见已成功地调动了敌人，便命部队撤退待命。

由于吴军的两支部队成功地调动了敌军，使敌人疲惫不堪，士兵士气沮丧。这时，孙武开始了第二阶段的行动。他命令吴军的第三军投入攻克养城的战斗。吴军一举攻下养城，擒杀了两公子，取得了胜利。

从这场战斗中可见，孙武兵锋初试，即已显示出他卓越的军事指挥才能。孙武是站在争取早日破楚入郢的战略高度指挥这场战斗的。因此，孙武力求在运动中去寻求有利的战机，以争取全胜。这场战斗的胜利确立了孙武作为吴军不可多得的军事指挥者的地位。

★不信鬼神信事实

在科学尚不发达的时代，人们对于鬼神、天地大致可以分为两类：大部分人是虔诚笃信，少部分人是借以言事。借是手段，言事才是目的。他们欺人而不自欺。如果大家都迷信"天子受命于天"，就不会有汤武革命，以及以后的朝代更新。孙武在两千多年前提出了先知者不可象于事，不可验于度的观点，是真正的先知者。

孙武指挥吴军初战告捷后，鉴于吴军师劳兵疲和背后有楚国的盟国越国威胁自己，劝阻了吴王阖闾想乘胜进入楚地，攻打郢城的念头。

吴军回国后，孙武一面命令军队抓紧时间休整、训练，一面与伍子胥等武将文官们一起商议如何对付背后的越国。越国是楚国的盟国，在公元前544年，越国便开始参加以楚为首的攻打吴国的战争。三十多年

来，只要楚国发兵攻吴，越国便总是出兵配合，呼应楚国的行动。因此，吴国君臣都十分清楚，越国将是吴国争夺霸业，攻克楚国的劲敌。公元前510年，阖闾为早日制服越国，以消除日后攻楚的隐患，决定攻伐越国。战前，阖闾派人去越国与越王允常谈判，希望越国站在自己一边，从吴伐楚，被越王允常拒绝了。这一年，根据当时星象学的"测定"，天上的岁星恰好与地下的吴越两国相呼应，这种岁星与国家呼应的现象"表明"：两国都可受到天命的保佑，但是两国中如果谁先动兵，就会反受其害。鉴于此，吴王阖闾对是否用兵伐越举棋不定。这时，孙武以他朴素的唯物论思想批驳了天命观。孙武指出："明君贤将，所以动而胜人……先知也。先知者，不可取于鬼神，不可象于事，不可验于度，必取于人，知敌之情者也。"因此，他劝说阖闾为缩短破楚争霸的历史进程而行征伐之事。孙武的观点，得到了吴王的首肯。于是，阖闾、孙武、伍子胥等一同率领吴军突入越国境内与越军作战，大败越军。吴军的胜利，使越对吴的威胁降到最低程度。

★围三阙一的战术运用

围三缺一，网开一面，给对手留下的是希望和幻想，给己方减轻了获得完胜的风险和付出。而毛泽东则在"穷寇勿追"的逆向思维中，写下了宜将剩勇追穷寇的著名诗句。足见其中学问颇深，不可纸上谈兵。

经过几年的战争，吴国将自己边境的楚国势力逐步铲除或控制。但相对来说，楚国的力量依然很强大。于是，孙武、伍子胥开始与吴王阖闾一起谋划大举进攻楚国的计划；孙武鉴于大别山以东江淮之间的豫章地区还在楚国的控制之下，因而决定先摧毁这道阻止吴国将来长驱直入楚国的障碍。于是，在公元前 508 年，孙武出色地指挥了吴、楚豫章之战。

在豫章地区附近一带，还存在一些独立的小诸侯国。这些国家每年都要向楚国交纳大量的赋税，才能获得楚国暂时的保护。孙武利用这些小国对楚国的不满，使桐国背叛了楚国，同时争取了舒鸠国为吴所用。孙武设下了一个诱敌之计，他让舒鸠人到楚国对楚王说："吴人很害怕楚国，他们说，若是楚国攻打吴国，吴国只能用代楚国讨伐叛逆的桐国的方法来讨好楚国。"楚令尹囊瓦果然经不住坐收渔利的诱惑，率领楚军去讨伐吴国。楚军进入豫章后，便观望吴军"伐桐"的行动。孙武见敌人中计，便一方面将吴军舟师开往豫章南部的江面上，作出要讨伐桐国的架势，继续迷惑楚军；另一方面，孙武暗中指挥吴军主力，将其调至豫章地区中段的巢城附近集结，以待有利战机的出现。最后，楚军驻扎豫章达数月之久，征讨吴国没有任何成果，又不见吴军攻打桐国，以至于士气丧失，军心涣散。吴国主力这时突然进抵豫章，将楚军包围，只留一个缺口，对楚军发起了猛攻。楚军措手不及，拼命朝缺口逃窜。吴军乘势掩杀楚军，大获全胜。回师时，孙武又指挥吴军一举攻克了巢城，活捉了楚公子繁。这一仗，孙武以其诱敌、骄敌、待敌的谋略大获全胜，帮助吴王阖闾打通了入楚的通道，为吴国破楚入郢的战略计划得以顺利实施创造了条件。

★千里入郢的大胆之举

在距今二千五百年前，一个小国的军队奔袭千里去攻破一个大国的都城，这不得不称之为奇迹。

常闻下棋的人有种说法：获胜的原因不是由于自己高明，而是对方的误算和过失造成的。利用对方的误算正是孙武制胜的秘密武器。

豫章之战后，吴、楚之间的形势对吴国愈来愈有利。吴、楚之间长期争夺的一些军事要地，基本上都被吴国占领；楚国统治阶级内部亦矛盾重重，经济萧条，政治腐败，军队疲惫，士气沮丧。而正当此时，蔡国国君蔡昭侯来到吴国，请求吴王出兵楚国，以报自己被楚无理囚禁三年之仇。吴国阖闾觉得攻打郢城的时机已经到来，便召来孙武、伍子胥，共同商讨伐楚大计。

孙武此时也感到伐楚的条件已趋于成熟，他见吴王破楚心切，便和伍子胥一起认真研究了破楚的构想。首先，孙武、伍子胥决定动用全国的兵力与楚军进行战略决战，同时联合唐国和蔡国，"三国合谋伐楚"，以保证战斗的胜利；其次，孙武在深入研究了吴、楚之间的地形之后，以"避实击虚"为原则，确定了千里破楚的进军路线；最后，为避免攻打坚城郢都，孙武选择了柏举为决战地。孙武提出，以蔡、唐军队作先导，以舟师沿淮水西上，经由黄邑（今河南潢川县），弦邑，然后舍舟登陆，自章豫地区西北边沿地段南下，沿大别山的交汇处的三隘口进入楚国腹地，渡过清发水（今浸水），再渡过汉水，即可直通郢都。这条线路由于避开了楚军主力，而且有利于沿途合唐、蔡之军攻楚，因而得到了阖闾的赞同。

吴军经过充分的准备，于公元前 506 年秋九月举师伐楚。吴军按孙武的既定线路，从淮河平原越过大别山，长驱深入楚境千余里。直奔汉水，威逼郢城。

吴军的行动，完全出乎楚国的意料。楚令尹囊瓦和左司马沈尹戌匆忙调集军队到夏州（今湖北武汉市汉口）以西的汉水南岸布阵防御，与吴军夹汉水对峙。左司马沈尹戍看到吴军来势汹汹，便向令尹囊瓦建议说：你依托汉水阻击吴军，不使其渡过汉水，以保证郢都的安全；我立刻去方城，调集那里的主力部队抄袭吴军的后路，毁坏吴军舟船，阻塞三关，断其归路。到那时，你再渡过汉水从正面进攻吴军，我率军从侧后袭击，一定能大败吴军。囊瓦同意了他的意见，派沈尹戍北上调集援军，自己在汉水与吴军对峙，等待援军到来。可是，在沈尹戍出发后，武城大夫黑和大夫史皇的一番话使囊瓦改变了主意。武城大夫黑指出，吴国多水军，楚军则多用皮革包制的战车，因而不宜在水中久浸，我军利在速战。大夫史皇也认为，如果沈尹戍把淮河吴军船只毁掉，回军阻塞三关隘口，截断吴军退路，他就会独得战功，声望也会盖过令尹了。因此他也劝囊瓦速战。囊瓦听了二位大夫的话，利欲熏心，便置既定战略于不顾，开始指挥楚军渡过汉水与吴军决战。

孙武开始见楚军与自己的军队对峙不战，便推测到楚军将调集方城的军队夹击自己。当他正在策划如何诱使敌军过河决战时，手下向他报告说楚军即将渡过汉水与吴军决战，孙武大喜过望，指挥军队先摆出决战的架势，在小别山交战一场。吴军与楚军刚一交战，孙武就指挥吴军佯败后撤，从小别山到大别山，孙武都指挥吴军边打边退，引诱楚军一直追到了预定的决战地——柏举。

这一年的十一月十九日，正当吴军与楚军在柏举列阵对峙，准备决战时，随军作战的吴王阖闾对于决战时机是否成熟突然产生了怀疑。这时，阖闾的弟弟、吴将夫概认为，这时吴军士气旺盛，而楚军一直处在勉强应战的地位，而且楚令尹囊瓦一向不得人心，如果这时发起进攻，

楚军必然溃逃，这时吴军再以主力投入战斗，必将大获全胜。但是，吴王阖闾仍然不同意发起进攻。夫概记得孙武十三篇兵法中所言："料敌制胜……上将之道也……故战道必胜，主曰无战，必战可也。"（《孙子兵法·地形篇》）他以此为依据，认为做部下的应把握时机，见机而行。于是，夫概率领自己的五千人马向囊瓦的军队发起了猛攻。孙武见夫概已率先发起猛攻，便赶紧抽调三千多名精兵增援夫概，同时调集主力随后掩杀楚军。楚军一触即溃，主力随之大乱；孙武即时指挥吴军全部兵力投入战斗，大败楚军。楚令尹囊瓦弃兵逃奔到郑国，史皇等人战死，柏举决战以吴胜楚败而告结束。

囊瓦所属残军战败后，由苏延率领向郢城方向溃退，孙武指挥吴军实施了战略追击，到清发水（即浸水）追上了楚军。吴王阖闾正要下令攻击，吴将夫概又以孙兵法所言的"令半济而击之"来阻止了阖闾。阖闾接受了夫概的建议，待楚军半渡清发水时，才发起攻击，因而大败楚军。

楚将苏延率领的残兵败将马不停蹄地西逃，而连连获胜的吴军亦在孙武的指挥下紧追而来，吴军追上了楚军，将囊瓦的余部彻底地击溃了。这时，孙武向西望去，只见汉水绕城而过，渡过汉水，郢都几乎近在眼前了。然而，就在这时，右司马沈尹戌的援兵也自北南下，原来，沈尹戌从方城外调出楚军主力后，就依先前商定的作战计划率军抄袭吴军的后路。途中，他得知囊瓦率军贸然渡河决战的消息后，就临时改变了计划，想率军南下，以便抢在吴军前面守备郢都。两军相遇后，双方展开了激烈的战斗。吴军士卒身陷死地，皆拼死作战以求生；楚军在沈尹戌的指挥下，也挺戟挥戈，浴血奋战。双方经过三场激烈的战斗，最终吴

军获胜，楚军主将沈尹戍阵亡，属下大败而逃。

此役结束后，吴军已基本消灭了楚军的主力，攻陷郢都可以说是毫不费力的事了。十一月二十九日，阖闾、孙武、伍子胥领吴军攻陷了郢都。吴王终于实现了破楚入郢的夙愿。

孙武指挥的这场破楚入郢之战，历史上亦称之为"柏举之战"。在这场战争中，由于孙武事先创造了大举袭楚的有利条件，选择了有利的进攻时机，成功地避开了"攻需"这一最大的难关，因而能使吴军最终顺利地进入了郢都，取得了战争的胜利。

至此，孙武辅助吴王西破强楚创造了辉煌的战绩，他的名声也达到了顶点。

出将入相的吴国柱石陆逊

★擒杀名将关羽

出生于江东世家大族的陆逊21岁时，便被吸收到孙权幕府中任职，后历任东西曹令史、海昌顿田都尉。不久，山越之乱爆发，陆逊奉命领军前往讨伐，所到之处，皆被降服。陆逊初经驱使，便显示出其过人的才干，孙权对他的卓越干才十分赞赏，又晋升他为定威校尉，令其率军驻扎利浦。

赤壁之战以后，三国鼎立的局面形成。在赤壁之战中，吴、蜀两国虽曾一度联合抗曹，但后因荆州之故，时起纷争。吴据长江之险，易守难攻；蜀有山隘之阻，一时难图。因而双方都奈何对方不得，只得在惺惺相惜、矛盾交错中维持并不牢固的联盟关系。公元214年，刘备占领益州，吴蜀联盟曾一度破裂。卧榻之侧，岂容他人酣睡！次年，孙权派吕蒙带兵袭取了荆州的长沙、零陵、桂阳三郡。不久，刘备和孙权又达成了协议，以湘水为界，平分荆州：长沙、江夏和桂阳属孙权，南郡、零陵和武陵归刘备。建安二十二年（公元217年），鲁肃死，接任的吕

蒙便千方百计想夺取荆州，无奈关羽防范极严，一时不得下手。

建安二十四年（公元219年），刘备夺取汉中，关羽受命率军出击襄樊，北图宛、洛。关羽兵马一动，吕蒙认为时机已到，扬言病重，赶回建业，会见孙权，密商对策。陆逊追到建业，力劝吕蒙利用关羽骄傲、全力北进的机会，出其不意，袭取荆州。吕蒙再见吴侯时，力荐陆逊接替其职，驻守陆口。于是，陆逊被孙权任命为帐下右都督，替代吕蒙。陆逊一到陆口，便致书关羽，信中写道：以前敬仰您观察对方形势而行动，依据法则指挥大军，轻轻地举动即大获全胜，何等崇高的威风！敌国吃了败仗，我们的同盟有利，听到您胜利的喜讯而击节叫好，想您由此而完成席卷天下的功业，共辅朝廷同振纲纪。最近我这愚笨之人，受命西来此地，非常仰慕您的风采，颇想受到您的有益教诲。又说："于禁等人为您俘获，远近都对您钦佩赞叹，认为将军您的功勋永世长存，即使是当年晋文公出师濮城，淮阴侯谋取赵国，也未能超过将军的功绩。听说徐晃等以少数骑兵驻扎，窥测您的动向。曹操这个狡猾的敌人，因失败而仇恨不会想到危难，恐怕会暗中增添兵马，以求达到他的野心。虽说他的军队出战过久，但还有一些骁悍之将卒。况且人们在打了胜仗之后，常常会产生轻敌思想，古人根据兵法，军队获胜后倍加警惕，希望将军多方采取措施，以保住自己的全胜。我书生意气粗疏迟钝，颇为惭愧自己力不胜任这职位，十分高兴与将军为邻，钦佩您的威望德行，乐意向您倾诉心中所想，所说的虽不能合乎您的策略，但仍然可以看出我的心情，倘若承蒙您的关注，您会明察其意的。"关羽看过陆逊的信，内容含有谦虚依附的意思，心中十分高兴，再加上陆逊年少名薄，名不见经传，关羽更感到无后顾之忧，遂掉以轻心，将荆州大半兵力北调樊

城。至此，陆逊见调虎离山计告成，于是联合吕蒙部将偷袭了关羽的根据地江陵。关羽仓皇收兵回救，败走麦城。荆州从此全部归入孙吴版图。蜀国痛失一名大将和荆州，实力大为削弱。

★大败刘备的夷陵之战

面对刘备大军压境，东吴政权危在旦夕，陆逊临危受命，担当大都督一职。他针对蜀军连战皆胜，气势如虹的现状，择险驻守，避开与蜀军的决战。这无疑是十分正确的战术安排。

东吴夺取了荆州，使刘备怒火中烧。结义兄弟关羽的惨死，又使得刘备丧失了冷静的判断力。不顾诸葛亮、赵云等人的劝阻，执意要讨伐东吴。不久，张飞因鞭笞士卒，被范疆、张达杀死，后二人投奔东吴。一时间，东吴与蜀汉由盟友转为仇敌。

黄武元年（公元 221 年）七月，刘备提兵 40 万东下，先发制人，深入吴境数百里。强敌压境，吴国面临兵燹之灾，求和不成，朝廷上下一筹莫展。陆逊再次被推到了政治和军事漩涡中心。孙权任命陆逊为大都督，授假节权衔，率领朱然、潘璋、宋谦、韩当、徐盛、鲜于丹、孙桓等将 5 万人前往抵御。临出发前，吴王孙权给陆逊大权："阃之内，孤主之；阃之外，将军制之。"

蜀主刘备从巫峡、建军布阵至夷陵辖界，设置几十处兵营，连绵相接，又令马良用重金、封官赏赐等办法到五陵郡（今湖南学德西）发动五溪蛮等少数民族豪酋参战。零陵一带少数民族不堪东吴西陵峡口，命令孙桓领少数民族兵力屯驻夷道，切断零、桂一带少数民族和蜀军的联系，阻遏刘备东下。这一布置颇为得当，使参与蜀方的少数民族兵力大

减，刘备先声夺人的声势被阻遏。次年二月，刘备进至夷陵，命大将吴班等百般挑战。陆逊坚守不出，亦不为部下求战的呼声所动，以逸待劳，避开蜀军锋芒，力避与蜀军交战。刘备计穷，亲自指挥主力改攻夷道。夷道被封，孙桓求援。陆逊不理睬，置若罔闻，因为夷道不过是为牵制刘备防其东下而设置的一条次要防线。

此时，双方已相持七八月之久。夷陵过不去，夷道久攻不下。刘备气势衰竭，只得在巫峡至夷陵 700 里间扎营 50 座，兵力由此分散。再加上蜀军久屯坚城之下，师老兵疲，士气日渐低沉。这时，陆逊认为反击良机已到，便令吴将率兵先攻蜀军营，刺探虚实，继而根据风向和地势大胆采取火攻，连破刘备 40 余营。刘备大败，退回白帝，不久羞愤而死。吴军大胜，部将纷纷要求追击直捣白帝城，生擒刘备，挥师进西川。孙权欣闻前方捷报，也颇有跃跃欲试之念。陆逊考虑到曹魏不会坐视，于是见好就收，毅然回师。果然，不出陆逊所料，在陆逊回师之际，曹丕三路大军已扑向江陵。陆逊率军赶回才化险为夷。夷陵之战，陆逊功不可没，被孙权封为国将军、江陵侯，领荆州牧。此后，蜀汉被封于夔门之内，吴蜀的疆界大体上固定下来。

★沉着应对，斗智襄阳

黄武七年（公元 228 年），孙权命令鄱阳太守周鲂诳骗魏大司马曹休，曹休果然中计，率军入皖。孙权召见陆逊，授予黄钺，封为大都督，令他率军抗击曹休。曹休觉察中计，恼羞大怒。陆逊于是亲率中军，命朱桓、全琮为左、右翼，三路并进，大败 10 万曹师，毙俘曹兵万余人，缴获牛、马、骡、驴车上万辆。曹休败还，不久因背上长毒疮死去。陆

逊回师经过武昌，孙权命令左右用帝王专用的伞盖为陆逊遮覆出入殿门，并将自己用的其他珍品赐陆逊。这种殊荣，在当时是无人可比的。

黄龙元年（公元229年），孙权称帝，都建业（今南京）。这一年，陆逊被任命为上大将军、右都护。

陆逊不仅有力拔山兮气盖世的楚霸王之勇，更有神机妙算的孔明之智。嘉禾五年（公元236年），孙权北征，派陆逊同诸葛瑾率军攻打襄阳。陆逊派遣亲信韩扁向孙权送交报告，韩扁在沔中遭遇敌人被擒获。诸葛谨正待要赶往襄阳，得知此事后十分担心，立即给陆逊写信说："圣上已返回，敌人捉去韩扁，清楚了我们的底细。而且江水干涸，应当迅速撤走。"陆逊没有答复，而是像平常一样催促部下种植芜菁和豆类，与将军们下棋、猜谜、做游戏。诸葛瑾不解，心想："陆逊多才善谋，这其中必有道理。"为了摸清陆逊葫芦里装的是何种锦囊妙计，诸葛瑾亲往襄阳吴军中会见陆逊。陆逊解释道："为避免我方兵将心神不安，我应当以自己的镇定稳住将士的情绪。现在显示撤退的迹象，敌人当然会认为我们恐惧，一来进逼，我们就必败。"诸葛瑾听后恍然大悟，对陆逊更是言听计从。两人商定：诸葛瑾引出船队，陆逊舒缓地整顿队伍，有意识地摆出一派威不可侵的气势，向船队走去。敌人不明就里，更不敢轻举妄动。这样，陆逊的军队一路顺畅地到了白围，并故意放出风声说是驻军行猎，暗中却派遣将军周峻、张梁等袭击江夏郡的新常、安陆、石阳。吴军抵达石阳城时，正好碰上赶集的日子，石阳城中军民毫无防备。吴军迅速攻占石阳城，战后清点，斩杀、生俘总计1000余人。陆逊一生经历大小战役无数，全凭有勇有谋克敌制胜。

明朝的开国第一大将徐达

★驰骋江南，巩固根基

为了巩固江南根据地，徐达从实际出发设立军事警戒，防止同为红巾军的张士诚、陈友谅等部的偷袭。首先，建立好军事防线可以确保根据地的安全，使根据地的经济发展得到保障；其次，让妄想袭击的红巾军因徐达早有准备而有所顾虑；最后，即便发生战事，已有的防线也可更好地抵御对方攻击。

元顺帝至正十五年（公元 1355 年）三月，身为郭子兴女婿的朱元璋因郭子兴病故而执掌军权。

为了谋求更大的发展空间，朱元璋令徐达率军渡江，攻占集庆。将集庆路易名为应天府，打算以此为老巢，与盘踞大都（今北京）的元朝政府相抗衡。当时，应天府的东面有义军张士诚部，西面有义军徐寿辉、陈友谅部，南面有为数不多、战斗力不强的元朝官军和地主武装，北面有红巾军韩林儿、刘福通部。东、西、北都是势力颇大的抗元义军，恰似一只大鼎把元军主力挡在门外。针对这种乱世争雄的格局，徐达等人

一致认为，当务之急是集中优势兵力扫除东南一线的元军力量，建立和巩固江南根据地。同时，向东、西两面设置军事警戒，防止同为义军的张士诚、徐寿辉两部的偷袭。为什么要这样做呢？因为元末各路起义军只是名义上号称红巾军，实际上互不统属，各自为战，矛盾重重。朱元璋要想在应天站稳脚跟，就必须筑起东、西两道战略防线，以抵挡张士诚、徐寿辉、陈友谅可能发动的军事进攻，方保万无一失。这是建立江南根据地所要完成的首要任务。巡视手下战将，朱元璋毫不犹豫地任命徐达为大将，让他肩负起展拓江南、构筑防线的重担。

东南的镇江是徐达首先要攻占的军事重镇。为了严肃军纪，颇有心计的徐达与朱元璋合谋搞了一个"苦肉计"。出师前夕的一天，朱元璋当着诸位将领的面，指责徐达治军不严，下令将他捆绑，推出辕门斩首。谋士李善长急忙求情，众将领扑通一声跪倒在地，请求朱元璋免徐达一死。朱元璋见状，心中暗喜，马上下令释放徐达，命其立功赎罪，同时告诫诸将："城下之日，不许扰民，否则军法从事"，众将应诺。于是，朱元璋军军纪严整，由徐达率领一举攻克镇江，改镇江路为江淮府。大军进城时，徐达领兵自仁和门入，"号令明肃，城中安然"。此战攻坚取胜，为以后攻略城池、北伐灭元树立了良好的攻坚榜样。拿下镇江后，徐达被朱元璋授予淮兴翼统军元帅。

占据常州的张士诚意识到朱元璋羽翼渐丰，锐气逼人，遂率领水师叛将陈保二部进攻镇江。陈保二原为镇江守将，徐达攻克镇江时，其率部投诚，未久复叛。其惯用黄布包头，又称"黄包军"。徐达率军在龙潭大战张士诚，击败陈保二的"黄包军"，并乘胜围攻常州。张士诚没有料到徐达如此厉害，遂派遣得力将领前来救援。徐达在常州城外设下两支伏兵，挑选一员虎将王均用打头阵。等敌人援军赶到，徐达下令擂响战鼓，王均用出阵迎敌，枪挑敌军前锋。徐达见状，挥师掩杀过去，敌军慌忙后退，进入埋伏圈，被打得大败。徐达身先士卒，力擒敌军张、汤二将，随即进围常州，于次年将其攻克。朱元璋称赞徐达的军事指挥才能，把他擢升枢密院佥事。

至正十七年（公元 1357 年），徐达一鼓作气，克宁国，徇宜兴，下常熟，擒获张士诚的胞弟张士德。至正十八年十月，徐达派兵封锁太湖，督师攻取宜兴。至此，一条北起江阴、下沿太湖、南到长兴的东部防线胜利筑成。

东部防线甫就，徐达又马不停蹄赶赴西部战场。元顺帝至正十八年（公元 1358 年），徐寿辉的二员大将陈友谅、赵普胜在枞阳建立水寨，兵占池州，对应天府构成威胁。次年四月，徐达率师与院判俞通海水师合兵大败赵普胜，克复池州。正在经营浙东的朱元璋听到捷报，立即提拔徐达为奉国上将军、同知枢密院事。

八月，徐达率军进攻安庆，遭到赵普胜的顽强抵抗。赵普胜勇猛善战，徐达一时难以将其制服。后来朱元璋巧用反间计，使赵普胜成为陈友谅刀下之鬼。赵普胜一死，徐达马上率军进逼枞阳水寨，于至正二十年（公元 1360 年）四月将其拿下，然后挥师进攻安庆。陈友谅知道安庆历来为兵家必争之地，遂亲率大军回援。徐达与常遇春联手抗敌，在池州南面的九华山大败陈友谅军，斩首万余，生擒 3000 人。生性嗜杀的常遇春建议徐达杀掉这些俘虏，说："此劲旅也，不杀为后患。"徐达摇头不许，认为既为俘虏，则非顽敌。如果连俘虏都杀，就会使敌军与我决战到底。应该请示朱元璋，再行处理。常遇春却瞒着徐达，夜坑俘

虏千余人。朱元璋对常遇春的行为大为不满，称赞徐达有勇有谋，是难得的将才。

徐达在东、西战场往来驰骋，屡建战功，不久，其势力扩展至苏、浙、皖、赣，不仅确保了应天府的安全，而且为朱元璋屯粮练兵，实现战略转移，最终铲除陈友谅、张士诚奠定了基础。

★兵围平江，剿灭士诚

在攻打张士诚的过程中，面对平江敌军精锐之师，徐达用围而不打、使其自困的方法取得胜利。首先，面对精锐之敌，盲目攻击即便获胜也会给自身付出巨大代价。即是古人常说"伤人一千，自损八百"；其次，将敌军围在平江城内，可以用饥饿作为最好的武器来打击对方。当对方缺粮后，民心大乱，军失斗志即可以最小的代价取胜。最后，虽然张士诚顽强抵抗，但也难逃失败的命运。

至正二十三年（公元 1363 年），朱元璋在鄱阳湖之战中大获全胜，消灭了陈友谅势力。

之后，张士诚理所当然地成为朱元璋军事打击的下一个目标。朱元璋罗列张士诚不忠不孝的八大罪状，传檄征讨，命徐达率军剿灭张士诚军。

张士诚的军事势力绵延长江南北，可分为江南的浙西和江北的淮东两大区域。至正二十五年（公元 1365 年）秋，徐达首先向淮东地区张士诚守军发起攻势。在连下泰州、兴化后，徐达率军进围高邮。这时，徐达突然接到张士诚进攻江南宜兴的消息，他命大将冯胜率部继续围攻高邮，自己率领一支部队迅速渡江，击溃了围攻宜兴的敌军。至正

二十六年三月，徐达再度率军北上，一举占领高邮，生擒敌军 1000 余人。紧接着，徐达与常遇春合攻淮安，在马骡港大破张士诚军。淮安守将梅思祖大开城门，投降徐达，献出所辖四个州。徐达乘势攻破安丰，擒获元将忻都，获船舶无数。元军见安丰易手，出兵徐州。徐达策马迎战，大败元军，俘斩数万人。至此，张士诚在江北的军事据点全部化为乌有。

淮东地区落入朱元璋之手后，他马上召集最高级军事会议，商议征讨张士诚事宜。右相国李善长认为张士诚仍然很有实力，不宜匆忙出兵。众人见相国如此意见，都闭口不言。朱元璋见徐达低头沉思，便问他有何感想。徐达拱手起身，认为李善长过于保守，说："张士诚腐败而残暴，不得人心。大将李伯升之流是贪财好色之徒，根本不是对手。掌握实权的三个参军黄敬天、叶德新、蔡彦文，只会纸上谈兵。我凭借您的威德，统率大军进剿，浙西地区可以马上得手！"朱元璋大喜，命徐达为大将军，常遇春为副将军，率骑兵和水师总计 20 万人出征。

至正二十六年（公元 1366 年）八月，徐达师出太湖，向湖州猛扑过去。湖州守将张天骐兵分三路迎战徐达，徐达也兵分三路相接，另遣精兵断其退路。徐达大败张天骐，生擒其将吏 200 余人，然后兵临城下，把湖州围个水泄不通。张士诚闻讯，派遣大将吕珍等人领兵 6 万前来解围，在距湖州 40 里处安营扎寨。徐达派遣常遇春等将领在城东的姑嫂桥筑起 10 座营垒，切断吕珍与湖州的联系。张士诚见湖州告急，遂亲率精兵驰援，在皂林（今浙江桐乡北八里）被徐达打得大败。张士诚落荒而逃，徐达遂攻占湖州东面水陆各寨。吕珍、朱暹、五太子等人望风而降，徐达将其绑缚湖州城下示众，张天骐在绝望中打开城门投降。

拿下湖州后，徐达率军直下吴江州，从太湖进围张士诚的老巢平江。

平江敌军是精锐之师，不宜速决，徐达决定围而不打，令其自困。徐达屯兵葑门，另遣大将常遇春屯兵虎丘，大将郭子兴屯兵娄门，大将华云龙屯兵胥门，大将汤和屯兵阊门，大将张温屯兵西门，大将康茂才屯兵北门，大将耿炳文屯兵城东北，大将仇成屯兵城西南，大将何文辉屯兵城西北。另在四周筑起高台，俯瞰城中动静，让神箭手在高台上射杀敌军。"台上又置巨炮，所击辄糜碎。城中大震。"在围困平江的过程中，徐达屡次派遣使者到应天请示朱元璋。朱元璋对徐达恪守君臣之道的行为深表满意，说："将军谋勇绝伦，故能遏乱略，削群雄。今事必禀命，此将军之忠，吾甚嘉之。然将在外，君不御。军中缓急，将军其便宜行之，吾不中制。"

至正二十七年（公元 1367 年）九月，平江城中出现断粮现象，一只老鼠竟然价值百钱。徐达闻报，认为时机成熟，遂令诸将发起总攻。徐达率领士卒首先攻破葑门，进逼平江城下。张士诚令唐杰、周仁在外城抵抗，自己督师城内。徐达先以火炮轰击，然后强行攻城。唐杰、周仁等人渐渐支撑不住，纷纷投降。在进城之前，徐达与常遇春约定："师入，我营其左，公营其右。"并且传令三军："掠民财者死，毁民居者死，离营二十里者死。"徐达指挥军队潮水般冲进城里，与张士诚的残余部队展开激烈的厮杀。张士诚挥剑督师，顽强抵抗，终于抵挡不住徐达的猛烈攻势，自己也被生擒。攻占平江后，城中军民 20 余万人向徐达投诚。由于徐达治军严谨，平江百姓的生活秩序安然如故。

徐达擒获张士诚，使朱元璋占据了长江中下游广大地区。朱元璋亲临应天府戟门，迎接凯旋之师，封徐达为信国公。张士诚被押送应天后，朱元璋亲自劝降。张士诚宁死不屈，仰天长啸："天日照尔不照我。"朱

元璋下令用弓弦将其缢死，具棺埋葬。

★战略包围，攻克大都

为了取得胜利，徐达吸取了刘福通红巾军孤军北上的教训，采用稳扎稳打的方法，除屏障剪羽翼、据门槛逐步占领大都周边地区，使大都处在明军的战略包围之中。又仔细地分析时局，让朱元璋下令进攻大都。最终一举攻克。

消灭了陈友谅、张士诚后，朱元璋拥有富庶的江南地区，兵精粮足。他命徐达为征虏大将军，常遇春为副将军，率步骑 25 万人，挥师北伐。

徐达与常遇春诸将制定了详尽的作战方案：先取山东，除去大都的屏障，进而挥师河南，剪掉大都的羽翼，再占领潼关，据有大都的门槛，最后夺取大都。至正二十七年（公元 1367 年）十月，徐达率军进攻山东，连克沂州、峄州、莒州、密州、海州。接着，徐达派遣大将韩政率军扼守黄河，继遣大将张兴祖，率军进取东平、济宁，自己率领大军攻克益都，尽扫淮、胶诸州县；十二月，元将朵儿打开济南城门投降。徐达乘胜攻取登州、莱州，山东诸地悉定。

山东捷报频传，使朱元璋心花怒放。至正二十八年（公元 1368 年）正月，朱元璋在应天府即帝位，国号明，年号洪武。他任命徐达为右丞相，又册立皇太子，以徐达兼太子少傅。这一年，徐达才 36 岁。

明王朝的建立，使北伐大军士气大增。二月，徐达挥师入河南，连下永城、归德、许州、汴梁诸地。紧接着，徐达率军自虎牢关进逼洛阳，与元将脱因帖木儿在洛水北岸杀得天昏地暗，元军惨败而逃，梁王阿鲁温打开洛阳城门投降。徐达又略定嵩、陕、陈、汝诸州，马踏潼关，西

至华州，元将李思齐、张思道等人弃城而逃。徐达率军胜利完成了预定的攻占山东、河南、潼关的作战任务，使元朝大都处在明军的战略包围之中。

洪武元年（公元 1368 年）五月，朱元璋亲临汴梁犒劳北伐将士，特召徐达入帏帐，设宴以示慰问。酒过三巡，徐达以战略家的眼光剖析时局，建议朱元璋下令进攻大都："大军平齐、鲁，扫河、洛，王保保（指元将扩廓帖木儿）逡巡观望；潼关既克，思齐辈狼狈西奔。元声援已绝，今乘势直捣元都，可不战有也。"朱元璋点头称许。徐达又问："元都克，而其主北走，将穷追之乎？"朱元璋回答："元运衰矣，行自渐灭，不烦穷兵。出塞之后，固守封疆，防其侵轶可也。"徐达顿首受命，遂与诸将会师河阴，派遣裨将分兵进攻黄河以北的各战略要地，连下卫辉、彰德，广平诸地。

是年闰七月，徐达在临清会合诸将，派遣傅友德开辟陆路以通步骑，又命顾时疏浚河道以通舟师，然后引兵北上。当时，常遇春已经攻克德州，徐达与他合兵攻长芦（今河北沧州）、扼直沽（今天津），水陆并进。随即大败元军于河西务，又趁大雾弥漫，一举攻克通州（今北京通县）。大都为之震动，元顺帝于闰七月二十七日深夜，带着后妃、太子仓皇逃出建德门，直奔上都开平（今内蒙古多伦西北）而去。

八月初二，徐达兵临齐化门，命将士填壕登城，攻入大都。元朝监国准王帖木儿不花、左丞相庆童等少数留守大臣拒不投降，被徐达斩首。其他元朝大臣和官兵，凡愿归降者，徐达均予以宽大处理，同时禁止将士滥杀、扰民，受到大都百姓的普遍欢迎。拿下大都后，徐达高瞻远瞩，办事果决，号令严明，充分显出他既善于征战又长于治国的杰出才干。

史载,徐达"封府库,籍图书宝物,令指挥张胜以兵千人守宫殿门,使宦者护视诸宫人、妃、主,禁士卒毋所侵暴。吏民安居,市不易肆"。

徐达攻占大都,给元朝162年的统治画上句号。

★持重有谋,功高不骄

明太祖朱元璋大肆杀戮功臣在历史上是有名的,而徐达虽声名显赫却逃过此劫。这与他功高不骄,恪守君臣之道有很大的关系。

自从追随朱元璋参加红巾军起义,徐达置生死于度外,冲锋陷阵,征战四方。对徐达来说,每年开春即奉命领兵,挂帅出征,直至岁末深冬时节才班师回朝,似乎是家常便饭。

徐达功高盖世,却不骄不躁,谦逊谨慎,严于律己。在军中,徐达一方面严格要求,军令如山,"诸将奉持凛凛";另一方面,他又关心、体贴手下将士,"善拊循,与下同甘苦,士无不感恩效死,以故所向克捷"。在朝中,徐达从不摆将军的架子,在朱元璋面前"恭谨如不能言"。每次奉诏班师,手握重兵的徐达立即上交帅印,毫无贪权篡位之心。班师回朝后,朱元璋必设宴为徐达接风洗尘。开怀畅饮之际,朱元璋暂时放下皇帝的架势,以"布衣兄弟"称呼徐达,追怀儿时牛背上的友谊。每当此时,徐达并不因之而骄狂起来。相反,他对朱元璋"愈恭慎"。欢宴之后,徐达也不前呼后拥,招摇过市,而是"单车就舍,延礼儒生,谈议终日,雍雍如也",俨然一位气度祥和的谦谦君子。

有一次,朱元璋对徐达说:"徐兄功高盖世,却没有一座好房子,我把一座旧宅送给你。"所谓旧宅,是指朱元璋称吴王时的官邸。徐达坚决不要。过了几天,朱元璋带着徐达来到这座官邸。他把徐达用酒灌醉,

盖上被子，命人抬进卧室。徐达酒醒，慌忙跑下台阶，俯伏在地，大呼死罪。朱元璋躲在旁边偷窥，心中大喜，一是因为由此可见徐达没有称王夺位之心，二是因为徐达果然功高不骄。朱元璋随即下令在这座官邸旁另修一处住宅，赐名"大功坊"，专门送给徐达。朱元璋常在人前夸奖徐达"受命而出，成功而旋，不矜不伐，妇女无所爱，财宝无所取，中正无疵，昭明乎日月，大将军一人而已"。徐达高风亮节，形如圣人。